哀しいカフェのバラード

カーソン・マッカラーズ

村上春樹 訳

山本容子 銅版画

新潮社

哀しいカフェのバラード

The Ballad of the Sad Café

Carson McCullers

ひどくうらぶれた町だ。綿紡績工場と、工員たちの暮らす二間の家屋、数本の桃の木、色つき窓が二つある教会、百ヤードの長さしかない惨めなメインストリート、そのほかにはとくに見るべきものもない。土曜日には近郊の農家の人々がお喋りと交易で一日過ごすために町にやってくる。それ以外の日、町はがらんとしてもの悲しく、世界のほかのすべての場所から遠く隔てられ、忘れられたところのように見える。いちばん近い鉄道駅はソサエティー・シティーで、グレイハウンド・アンド・ホワイト・バス・ラインズは、三マイル離れたフォークス・フォールズ・ロードを運行している。ここの冬は短く厳しい。夏は白熱の太陽に焼かれ、すさまじく暑い。

八月の午後にメインストリートを歩いても、やることは何ひとつない。町の中心にあるいちばん大きな建物はそっくり板で塞がれ、右の方に大きく傾いで、今にも崩れ落ちそうだ。その家はずいぶん古い。そして見かけには奇妙な、ひびが入ったような感じがあった。それはどうしてだろうと首をひねってしまうのだが、やがてはたと思い当たる。遥か昔のあるとき、玄関ポーチの右側と壁の一部にペンキが塗られた。しかし残りの部分は塗られないままに終わってしまい、その結果家の一部は他の部分より暗く、みすぼらしく見えるのだ。その建物はまったくの無人のようだ。しかし二階のひとつの窓だけは板で塞がれていない。時折午後遅く、暑さがいちばんひどくなる頃、一本の手がゆっくりと鎧戸《よろいど》を開け、顔が通りを見下ろす。それは夢の中に出てくる、恐ろしいぼやけた顔のようだ——性別は不明、白人、灰色のひどい寄り目で、激しく内側を向きあっているものだから、まるで二つの眼が哀しみの視線を長々と密かに交わしているみたいに見える。その顔は一時間ばかり窓のそばをうろうろとしているが、やがて鎧戸が再び閉じられる。そしておそらくそれを最後として、メインストリートに人が姿を見せることはあるまい。そんな八月の午後——仕事のシフトが終わってしまえば、あとはもうやることとは何もない。フォークス・フォールズ・ロードまで歩いて行って、チェイン・ギャング（道路工事などの労役に就く囚人）の歌う唄を聴いていた方がましかもしれない。

　しかしこのような町にもかつては一軒のカフェがあった。そしてこの板張りされた古家は、近郊一帯ではまずお目にかかれないような場所だったのだ。テーブルクロスのかかったテーブルがあり、紙ナプキンが置いてあった。扇風機からは色とりどりの吹き流しがたなびき、土曜の夜にはたくさんの人々がやってきた。店の経営者はミス・アミーリア・エヴァンズだったが、この店が繁盛して陽気に盛り上がるのに最も功あったのは、「カズン・ライモン」

と呼ばれるせむしの男だった。そしてもう一人の男がこのカフェの物語に絡んでくる。この男はミス・アミーリアの以前の夫であり、始末に負えない人物で、長く刑務所勤めをしていたのだが、町に戻ってきてすべてをぶち壊し、またどこかに去っていった。それ以来カフェはずっと閉ざされたままなのだが、人々は当時のことをまだよく覚えている。

　この場所はずっとカフェであったわけではない。ミス・アミーリアはこの建物を父親から引き継いだのだが、もともとは主に飼料や窒素肥料、そして粗挽き粉や嗅ぎ煙草といった雑貨を扱う店だった。ミス・アミーリアは裕福だった。店に加えて彼女は三マイル奥まった沼沢地に醸造所を所有しており、この郡ではいちばん美味な酒をつくっていた。黒髪の長身の女性で、骨格と筋肉はまさに男並みだった。髪は短くカットされ、額からうしろに向けて撫でつけられており、その日焼けした顔には張り詰めたとげとげしい趣があった。眼は当時でさえいくぶん内斜視だったが、それさえなければ顔立ちの良い女性と言えたかもしれない。彼女に言い寄る男たちもいたが、ミス・アミーリアは男の愛にはまるで興味がなく、一人でいることを好んだ。彼女の結婚はこの郡でかつておこなわれたどのような結婚とも違っていた。それは奇妙にして危険な結婚であり、たった十日間しか続かなかった。そのことでは町全体が困惑し、ショックを受けた。この風変わりな結婚騒ぎを別にすれば、ミス・アミーリアは単独の生活を送った。彼女はしばしば沼沢地にある自分の小屋で、一人きりで夜を過ごした。オーバーオールにゴム長靴という格好で、醸造所の細火を黙々と護りながら。

両手を使ってできることであれば何でも、ミス・アミーリアはうまくやってのけた。彼女は豚の腸《チタリン》やソーセージを近くの町で売った。よく晴れた秋の日にはサトウモロコシを挽いた。大桶で作られたシロップは濃い黄金色で、味は素晴らしかった。店の裏手にたった二週間でレンガの屋外便所をこしらえたし、大工仕事の腕前も見事だった。ただ人付き合いだけはミス・アミーリアが苦手とするものだった。人々は——彼らが優柔不断であったり、重病であったりしない限りということだが——両手にとって一晩のうちにより有用で利益のあがる何かに変えてしまうというわけにはいかない。だからミス・アミーリアにとっての人々の使い途は、相手から金を巻き上げるというところにしかなかった。そして彼女はその点において成功を収めていた。収穫や土地の抵当権、製材所、銀行預金——この一帯では彼女は誰より裕福な女性だった。ある大きな欠点がなければ、彼女は下院議員に負けない金持ちになれただろう。しかし彼女はなにしろ訴訟とか法廷とかが大好きで、どうでもいいような些末な問題を巡って、長く熾烈な法律上の争いを繰り広げたものだった。ミス・アミーリアがもし道で石に躓《つまず》いて転んだなら、彼女はきっと本能的にそのへんを見回し、訴訟の相手になりそうな何かを探し求めるだろうと人々は噂した。これらの訴訟沙汰を別にすれば、彼女は堅実な生活を送っていた。毎日が前の日とほとんど同じことの繰り返しだった。十日間の結婚生活を例外として、その日常を変えるような出来事は何ひとつ起こらなかった。ミス・アミーリアが三十歳を迎えた年の春までは。

ほんのりとした静かな四月の夜、真夜中近くだった。空は青い菖蒲の色に染まり、月は澄みわたり、煌々と輝いていた。春の収穫は豊作が約束され、何週間か前から紡績工場は夜間シフトを開始していた。クリークの下流では、真四角なレンガ造りの工場が電灯に黄色く照らし出され、そこから織機の音が微かに休みなく聞こえてきた。そのような夜には、真っ暗な野原の向こうから聞こえてくる、愛を交わすべく道を辿る黒人の緩やかな歌に耳を澄ませるのもいい。あるいは静かに座ってギターをつま弾くのも悪くない。そして何も考えずただ一人でぽつんと身体を休めるのも。その夜の通りには人影がなかった。しかしミス・アミーリアの店はまだ明かりがついており、外のポーチには五人の人がいた。一人は華奢な紫色がかった手を持つ、赤ら顔の職工長、スタンピー・マクフェイル。階段のいちばん上の段には、オーバーオールを着たレイニー家の双子の男の子がいた。どちらもひょろりとして動作がのろく、髪は白っぽく、目は眠たげな緑色だった。もう一人の男はヘンリー・メイシー、恥ずかしがり屋で臆病、物腰は穏やかでいかにも神経質そうだ。彼はいちばん下の段の端っこに腰を下ろしていた。ミス・アミーリアは開いたドアの脇にもたれ、沼地用の大きな長靴を履いた足を交差させ、たまたま手元にあったロープの結び目を辛抱強く解こうと努めていた。長い間、誰ひとり口をきこうとはしなかった。

人けのない通りに目をやっていた双子の一人が最初に口を開いた。「何かが道をやってくる」

「はぐれた牛だろう」と双子の相方が言った。

近づいてくるものが何なのか、まだ遠すぎて定かには見えなかった。道路に沿って花を咲かせている何本かの桃の木が、月の光を浴びてぼんやりとねじくれた影を落としていた。その花の匂いと、甘い春の草の匂いが、近くの潟から吹き寄せる温かく鼻をつく臭気と混じり合っていた。

「いや。どっかの子供じゃないか」とスタンピー・マクフェイルが言った。

ミス・アミーリアは黙って道路を見やっていた。彼女はロープを下に置き、オーバーオールのストラップを骨張った褐色の手でいじっていた。ぎゅっと顔をしかめると、黒髪の束がひとつ額に落ちかかった。彼らがそこで待ち受けていると、通りの先のどこかの家で一匹の犬が荒々しくかすれた声で吠え始めた。やがて誰かが叫ぶ声が聞こえ、鳴き声は止んだ。その人影がすぐ間近までやってきて、ポーチの黄色い明かりが届く範囲に入ったところで、それがいったいいかなるものなのか、ようやく人々は見定めることができた。

男はよそ者だった。この時刻によそ者が徒歩で町に入ってくることはきわめて珍しい。それに加えて、男はせむしだった。身長はせいぜい四フィート（一二〇センチ）、着ている上着はぼろぼろで埃だらけ、裾がやっと膝に届くほどだ。その曲がった小さな両脚は、湾曲した大きな胸と背中の瘤《こぶ》を支えるにはあまりにか細く見えた。彼はひどく大きな頭と、深く奥まった青い目と、小さく尖った口を持っていた。顔つきは柔和であり、同時に気が強そうだった。そのときの彼の青白い肌は埃を浴びて黄ばみ、目の下には薄紫色の隈ができていた。紐で縛られた、いびつな形をした古いスーツケースが手に提げられていた。

「こんばんは」とせむしは、はあはあ息を切らせながら言った。

ミス・アミーリアも、ポーチに座った他の男たちも挨拶は返さず、口もきかなかった。彼らはただじっと男を見ていた。

「ミス・アミーリア・エヴァンズって人を探しておりますが」

ミス・アミーリアは額にかかった髪を押し戻し、ぐいっと顎を上げた。「どういうわけで？」

「あたしは彼女の親戚だからです」とせむしは言った。

双子とスタンピー・マクフェイルはミス・アミーリアを見上げた。

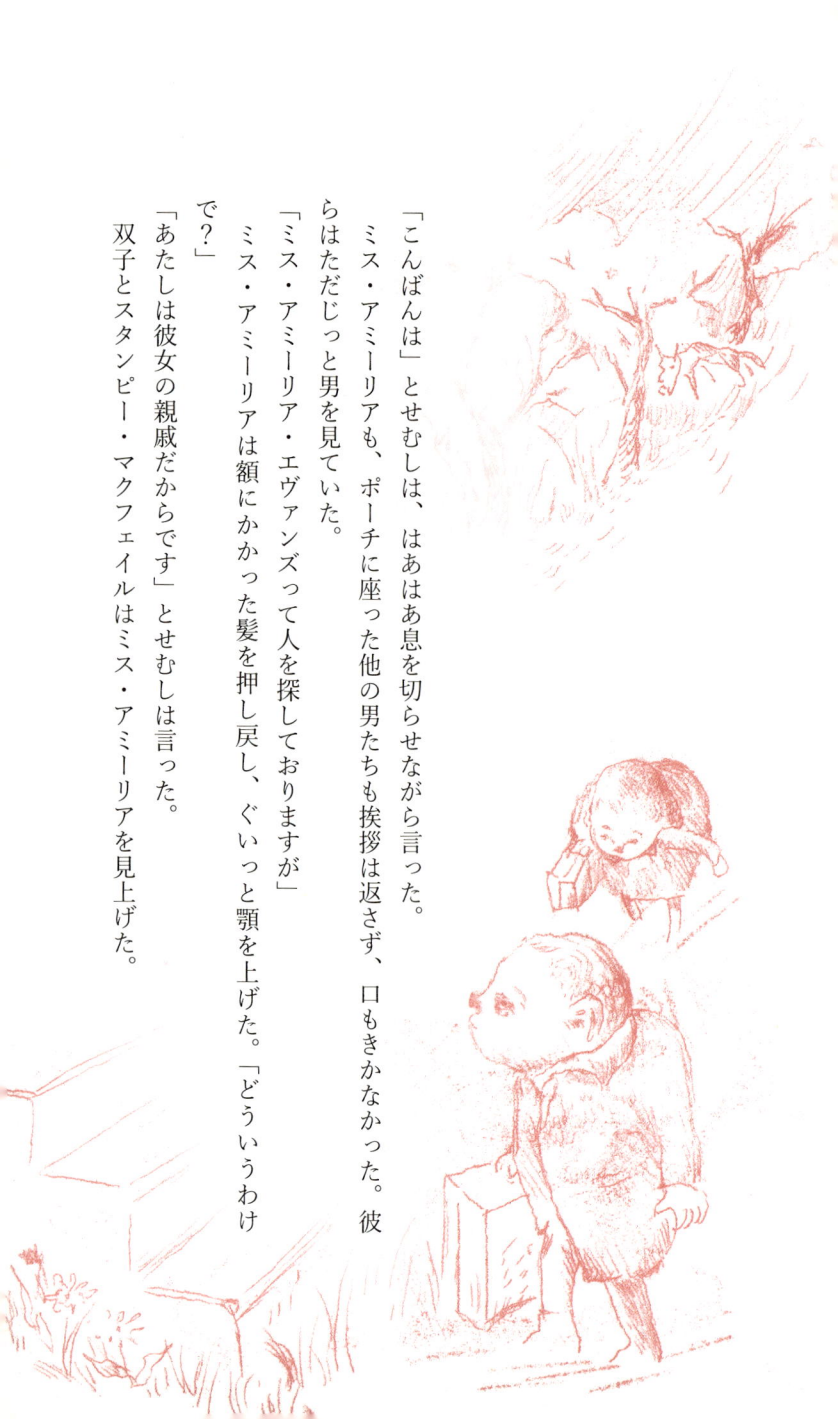

「私がそうだけど、『親戚』ってどういう意味なんだい?」
「それはですね――」とせむしは切り出した。落ち着きなく、ほとんど今にも泣き出しそうに見えた。彼はスーツケースを階段のいちばん下の段に置いたが、その持ち手から手を離そうとはしなかった。「あたしの母親はファニー・ジェサップといい、チーホーの出身ですが、三十年ばかり前、最初の結婚をしたときにチーホーを出ました。母にはマーサという腹違いの妹がいたという話を聞いています。それで今日チーホーに行って、そのマーサがあなたのお母さんだと聞かされました」

ミス・アミーリアは頭をわずかに横に向けて話を聞いていた。彼女は日曜日の夕食をいつも一人でとっていた。彼女の家が親戚で賑わうというようなことは一度もなかったし、誰かを親戚と呼んだこともなかった。チーホーで貸し馬車屋を営む大叔母がいたが、その叔母ももう亡くなっていた。他には一人だけ従兄弟がいて、二十マイルほど離れた町に住んでいたが、この従兄弟とミス・アミーリアは仲が悪く、たまたますれ違うことがあると、二人で道ばたに唾を吐いた。他の人々は折に触れて、ミス・アミーリアと遠縁の関係があることを示そうと熱心につとめたが、まったく何の成功も収めなかった。

せむしは長々しい話を延々と続け、ポーチにいるみんなが耳にしたこともない、そして本題とは関係のなさそうな人名や地名を次々に持ち出した。「そんなわけでファニーとマーサ・ジェサップは腹違いの姉妹なんです。そしてあたしはファニーと三番目の夫との間に生まれた子供です。そんなわけであなたとあたしとは——」彼はそこで身を屈め、スーツケースを開け始めた。彼の両手はまるで汚い雀の爪みたいで、ぶるぶると震えていた。スーツケースにはあらゆる種類のがらくたが詰まっていた。ボロボロの衣服、ミシンの部品らしき半端な屑もの、同じく役に立ちそうもないその手の何か。せむしはそのような持ち物を引っかき回し、一枚の古い写真を取りだした。「これがあたしの母と、その腹違いの妹の写真です」

ミス・アミーリアは口をきかなかった。ただ顎をゆっくりと左右に動かしていたが、彼女が何を考えているか見当はついた。スタンピー・マクフェイルはその写真を手に取り、明かりにかざした。そこには二、三歳とおぼしき二人の小さな、青白くしょぼくれた子供たちが写っていた。顔は小さく、白くぼやけていて、どこの写真アルバムにも入っていそうな代物だった。

スタンピー・マクフェイルは何も言わずにその写真を返した。「あんた、どこから来たんだ？」と彼は尋ねた。

せむしの声は頼りないものだった。「あたしは旅をしているもので」

ミス・アミーリアはまだ口を閉ざしていた。彼女はただドアの脇にもたれて、せむしを見下ろしていた。ヘンリー・メイシーは神経質そうにウィンクをして、両手をこすり合わせた。それから静かにいちばん下の段から立ち上がり、姿を消した。彼は善き心の持ち主であり、せむしの置かれた状況は彼の心の琴線に触れた。だからミス・アミーリアがこの新参ものを自分の敷地からたたき出し、町から追い出すところを目にするのは耐えがたかったのだ。開けたスーツケースを階段のいちばん下の段に置いたまま、せむしはそこに立っていた。鼻をぐずぐず言わせ、口はぶるぶると震えていた。おそらく自分の置かれている状況が惨憺たるものであることがわかってきたのだろう。自分がスーツケースにがらくたを詰めたよそ者としてこの町にやって来て、ミス・アミーリアの親戚だと名乗ることがどれほど情けないおこないであったかが、あるいは理解できたのかもしれない。とにかく彼は階段に腰を下ろし、突然おいおいと泣き出した。

見知らぬせむしが真夜中に店にやって来て、座り込んで泣き出すなんて、普通にあることではない。ミス・アミーリアは額にかかった髪を押しやり、男たちは居心地悪そうに互いを見やった。町全体がしいんと静まりかえっていた。

双子の一人がやっと口を開いた。「さて、またモリス・ファインスタインが登場したってわけか」

一同は肯き、同意した。その表現はある特別な意味を持っていたからだ。しかしせむしはもっと大きな声で泣き出した。それがいったいどういう意味なのか、彼には理解できなかったからだ。モリス・ファインスタインは何年も前この町に住んでいた利発で活動的なユダヤ人だが、誰かに「キリスト殺し」と言われるたびに泣き出した。そして毎日、ふわふわのパンと缶詰の鮭を食べていた。しかしちょっとした災難に遭って、ソサエティー・シティーに越していった。それ以来なよなよした態度を取ったり、泣いたところを見られたりした男がいると、その人物は「モリス・ファインスタイン」として通るようになった。

「ずいぶんつらそうにしている」とスタンピー・マクフェイルが言った。「何かわけがあるのだろう」

ミス・アミーリアがひょろりとした幅の広い二歩で、ゆっくりとポーチを横切った。階段を降り、そのよそ者の前に立ち、考え深げに眺めた。そしてその細長い褐色の人差し指で背中の瘤を用心深く触った。せむしはまだしくしくと泣いていたが、その声は前より小さくなっていた。夜は静まりかえり、月はまだその柔らかく澄み切った明かりを投げかけていた。あたりはだんだん寒くなっていた。そこでミス・アミーリアはとても珍しいことをした。尻ポケットから瓶を取りだし、手のひらで口のところを拭ってから、せむしに手渡したのだ。さあ、飲みなさいというように。ミス・アミーリアはどれだけ頼み込まれても、自分の作った酒をつけで売ることはきわめて稀だ。そして一滴といえども、それを無料《ただ》で人に差し出すようなことは前代未聞だった。

「お飲み」と彼女は言った。「胃腸の動きがよくなるから」

せむしは泣くのをやめ、口の周りの涙を器用に舌でなめた。そして言いつけに従った。彼が飲み終えると、ミス・アミーリアは自分もゆっくりひとくち飲み、それで口の中を温めて洗い、ぺっと吐きだした。それからまた改めて飲んだ。双子と職工長は、金を払って買った自前の瓶からそれぞれに飲んだ。

「まったりした酒だ」とスタンピー・マクフェイルは言った。「ミス・アミーリア、あんたにはしくじりってことがない」

彼らがその夜に飲んだウィスキー（大瓶を二本）が大事な意味を持っている。もしそうでなければ、それ以降に起こったことの説明がうまくつかなくなる。その酒抜きではカフェが生まれることもおそらくなかっただろう。というのは、ミス・アミーリアのつくる酒はそれ自体が特別な資質を有していたからだ。その味は舌には清涼で鋭く感じられるのだが、いったん身体に流し込むと、そのあと長いあいだ内側からじわじわと人を温めてくれる。それだけではない。よく知られているように、レモン汁で白紙に字を書いても、それは目に見えない。しかし少し火にかざしてやると、茶色の文字が浮き上がってきて、メッセージの意味が理解できる。ウィスキーが火で、メッセージは「それを飲んだ人の心だけが知っていること」と思ってもらいたい——そうすればミス・アミーリアのつくる酒の価値を理解してもらえるはずだ。これまで見過ごされてきた物事や、暗い心のずっと奥に抱かれていた思いに、出し抜けに気づかされたり、それがすらりと了解できたりするのだ。織機や弁当箱やベッドのことだけを考え、それからまた織機のことを考えてきた一人の紡績工は、日曜日にその酒を少しばかり口にして、沼地の百合にふと目をとめることになるかもしれない。そして花を手に取り、その黄金色の優美な萼《がく》をしげしげと眺め、痛みにも似た鋭い甘美さを胸の奥にくっと感じるかもしれない。ある織工はふと頭上に目をやり、一月の真夜中の空の冷ややかにして妖しい輝きを生まれて初めて目にし、自らの矮小さに対する恐怖に、心臓の止まる思いをするかもしれない。ミス・アミーリアの酒を口にした人の身には、そのようなことが起こるのだ。不安に苛まれるかもしれないし、あるいは歓喜に身を浸すことになるかもしれない。しかしいずれにせよ、その体験は真実を知らしめてくれる。人はその魂を温め、そこに隠されたメッセージを垣間見たのだ。

彼らは真夜中を過ぎるまで飲んでいた。月は雲に隠され、夜は冷たく暗くなった。せむしは相変わらず階段のいちばん下で情けなく身を屈め、おでこを膝につけていた。ミス・アミーリアは両手をポケットに突っ込み、階段の二段目に片足を置いていた。そして長い間ただ黙していた。軽い内斜視の人が深く考え事をしているときにしばしば浮かべる表情が、彼女の顔にうかがえた。とても聡明そうにも見えるし、同時に正気を失っているようにも見える。ようやく彼女は口を開いた。「あんたの名前をまだ聞いていなかったね」

「ライモン・ウィリスです」とせむしは言った。

「中にお入り」と彼女は言った。「食事の残りものがまだストーブにかかっているから、それを食べるといい」

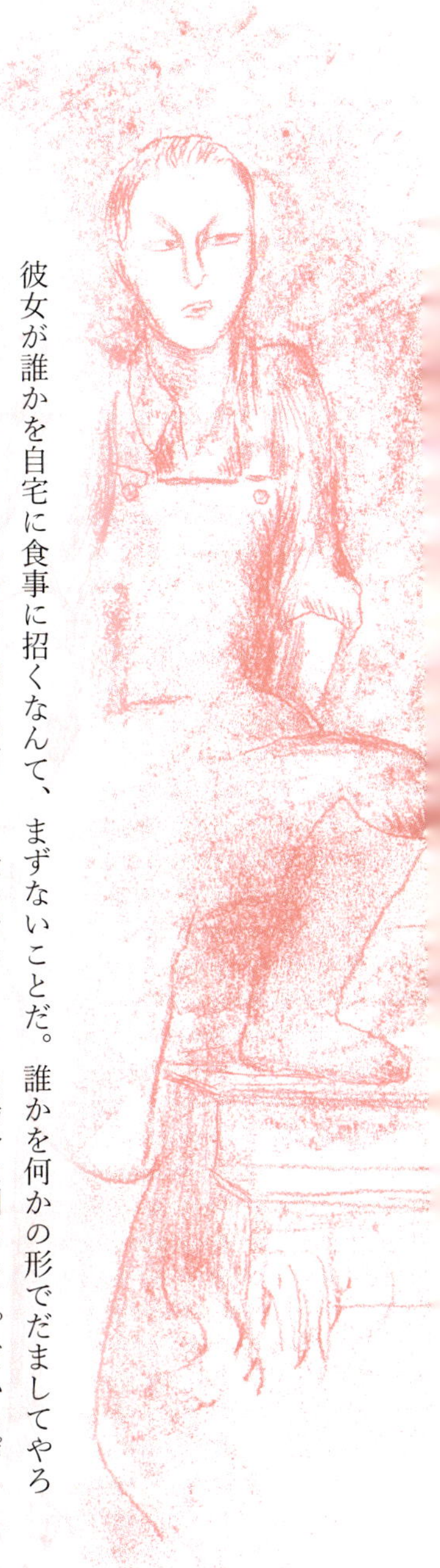

彼女が誰かを自宅に食事に招くなんて、まずないことだ。誰かを何かの形でだましてやろうとか、あるいは相手から金を搾り取ろうと企んでいるような場合は別にして。だからポーチにいた男たちは、ここには何か間違ったものがあると感じた。後日彼らは仲間内で言い合ったものだ。彼女はその午後ずっと沼地で酒を飲み続けていたに違いないと。その真偽はともかく彼女はポーチを離れ、スタンピー・マクフェイルと双子たちは家に帰っていった。彼女は玄関のドアのボルト錠を閉め、あたりを見回して商品に変わりないことを確かめた。それから店の奥にあるキッチンに行った。せむしはスーツケースを引きずってそのあとを追った。鼻をすすり、汚れた上着の裾でそれを拭きながら。

「お座り」とミス・アミーリアは言った。「残っているものを温めてあげよう」

　二人がその夜にとったのは立派な食事だった。ミス・アミーリアは裕福だったし、自分が食べるものには出費を惜しまなかった。フライド・チキンがあり（せむしは胸肉の部分を自分の皿に載せた）、ルータベガー（蕪の一種）のマッシュがあり、コラード・グリーン（ケールの一種）があり、淡い黄金色をした温かいスウィートポテトがあった。ミス・アミーリアはゆっくりと、農家の働き手のようにいかにも美味しそうに食事をとった。テーブルの上に両肘をつき、皿の上に屈み込み、膝を大きく開き、椅子の横木に両足を載せて座っていた。せむしの方はもう何ヶ月も食べ物の匂いを嗅いでいなかったみたいに、がつがつと夕食を腹に詰め込んでいった。食事の間、一滴の涙がその薄汚れた頬をつたって落ちたが、それはさっきの残りものの涙であり、何の意味も持たないものだった。テーブルの上のランプの芯はきれいに切り揃

えられ、灯心の端っこで青く燃え、キッチンに楽しげな明かりを投げかけていた。ミス・アミーリアは夕食を食べ終えると、スライスした軽いパンで皿を注意深く拭い、透明で甘い自家製のシロップをそのパンにかけた。せむしもそれに倣《なら》った。ただしもっと気難しく、新しい皿を求めた。食事を終えるとミス・アミーリアは椅子を後ろに傾け、拳をぎゅっと握りしめた。そして衣服の清潔で青い袖の下に、右腕の硬くしなやかな筋肉を感じた。食事を終えたときに無意識にとる習慣だ。それから彼女はテーブルの上のランプを取り、顎でぐいと階段の方を示し、自分についてくるようにせむしに指示した。

　二階には三部屋があり、ミス・アミーリアは生涯を通してそこに住んでいた。二つの寝室とその間にある広い居間だ。それらの部屋を実際に目にしたものはほとんどいないにもかかわらず、それらの部屋に家具が立派に配され、極端なまでに清潔であることは世間にあまね

く知られていた。そして今、ミス・アミーリアはそこに薄汚い、どこから来たともしれぬ見ず知らずのチビのせむしを、招き入れようとしているのだ。ミス・アミーリアはランプを高く掲げ、ゆっくりと二段ずつ階段を上った。せむしは彼女のすぐあとにぴったり付き従っていたので、揺れる灯りが階段の壁に、二人が一体となった大きな捻れた影を描き出した。ほどなく店の二階の住居部分も明かりが消され、暗くなった。町のほかの部分と同じように。

翌日はうららかな朝だった。日の出の温かな紫色にバラ色が混じっていた。町を取り囲む畑には新たに畝《うね》がつくられ、早起きの小作人たちが深緑色の、若い煙草の苗をそこに植える作業に励んでいた。大胆なカラスたちが畑のすぐ近くの低空を飛び回り、地表に青い敏速な影を落としていた。町では弁当箱を提げた人々が早くも動き出し、紡績工場の窓は陽光を浴びて黄金色に眩しく輝いていた。空気は清涼、満開の花をつけた桃の木は三月の雲のように軽やかに見えた。

ミス・アミーリアはいつものように夜明け頃に下に降りてきた。そしてポンプを使って顔と首を洗い、すぐさま仕事にとりかかった。朝の遅くにはラバに鞍をつけ、所有する地所を見て回り、フォークス・フォールズ・ロードの近くで綿花の苗付けをおこなった。言うまでもないことだが、昼までにはみんなが、真夜中に店にやってきたせむしの話を耳にしていた。しかしまだ誰もせむしの姿を目にしてはいなかった。町はすぐに暑くなり、空は真昼の豊満な青色を帯びた。それでもまだその奇妙な客人の姿を見たものはいない。ミス・アミーリアの母親に腹違いの姉がいたことを覚えているものも何人かいたが、彼らの見解にはいささかの相違があった。彼女は死んだというものもいれば、煙草職人と駆け落ちしたというものもいた。せむしの主張については、全員がでっちあげだろうと見なしていた。そしてミス・アミーリアの性格をよく知る町の人々は一人残らず、食事を与えたあとで彼女はその男を家からさっさと追い出したはずだと決め込んでいた。しかし夕方近く、空が白み、昼間のシフトが終了する頃、店の二階の窓に異形の顔が見えたと一人の女が言い出した。ミス・アミーリア自身は何も語らなかった。しばらくのあいだ店のレジに立ち、一人の農夫と鋤《すき》の柄について一時間ばかり議論をし、鶏小屋の金網をちょこっと修理し、日没近くに店を閉め、自室に引き上げた。町全体が首をひねり、人々はあれこれと語り合った。

翌日ミス・アミーリアは店を開けなかった。自宅に閉じこもり、誰にも会わなかった。噂が立ち始めたのはその日からだった。噂は実に恐ろしいものだったので、町と周辺の一帯は強い衝撃を受けることになった。それはマーリー・ライアンという織工が言い出したものだった。彼自身はさして意味を持つ人間ではない。血色の悪いよろよろした男で、歯はほとんど残っていない。彼は「三日マラリア」という病気を抱えていた。つまり三日ごとに熱に襲われるのだ。二日は活気なくむっつりしているのだが、三日目には急に活発になり、時としていくつかの着想を得る——そのほとんどは愚かしいことなのだが。そしてそれはそのマーリー・ライアンが熱に浮かされているときに唐突に思いつき、言い出したことだった。

「わしはミス・アミーリアが何をしたか知っているぞ。スーツケースの中にある何かのために、彼女はその男を殺したのだ」

彼はきわめて冷静な声でそう告げた。まるで事実を淡々と述べるみたいに。そして一時間も経たぬうちに、そのニュースは町の隅々にまで広まった。それはその日に町がでっち上げた悪意に満ちた、おぞましい物語だった。そこには人の心を震え上がらせるすべてのものごとが詰め込まれていた——せむし、沼地での真夜中の埋葬、ミス・アミーリアが町の通りを引かれて監獄へと向かう情景、彼女の財産がどうなるかについての論争——すべてはひそひそ声で語られ、繰り返されるたびに新たな恐ろしい尾ひれがつけられていった。雨が降ってきたというのに、女たちは物干しから洗濯物を取り込むのを忘れた。ミス・アミーリアに借金のある何人かは、まるで祝日が巡って来たみたいに一張羅の服を着込んだ。人々はメインストリートに鈴なりになり、あれこれ語り合いながら店を眺めていた。

すべての町の人々がこの邪悪なお祭り騒ぎに加わっていたというのは、真実ではないだろう。僅かではあるが、中にはまともな考えをする人もいて、ミス・アミーリアのような裕福な人が、浮浪者の所有するガラクタをいくつか手に入れるために、あえて道を踏み外したりするわけはないと思った。また町には三人の善良な人たちもいた。そんな犯罪の存在を――それが人々の関心や大騒ぎを呼び起こすことになるとしても――彼らは望まなかったし、ミス・アミーリアが刑務所の鉄格子を摑んでいたり、アトランタで電気椅子にかけられるところを思い浮かべて、喜びを感じたりもしなかった。それらの善良な人々は、他の人々とは異なった基準でミス・アミーリアを判断していた。一人の人物がミス・アミーリアのように、すべての面においてつむじ曲がりで、そしてその罪業がいっぺんには思い出せないほど積もり積もっていたとき――そのような場合にはその人物は明らかに特別な裁定を必要とすることになる。ミス・アミーリアが浅黒い、どことなく奇妙な顔をして生まれたことを彼らは記憶していた。母親はなく、孤独癖のある父親に育てられた。まだ年若いうちに身長が六フィート二インチ（一八八センチ）に達し、それだけでも女性としては普通ではないのだが、彼女の立ち振る舞いや生活習慣は、どうにも説明がつかないほど風変わりなものだった。そして何より彼らは、彼女のわけのわからない結婚のことを記憶していた。それはこの町がこれまで経験した中では、最も突拍子もないスキャンダルだった。

そんなわけでこれらの善良な人々は、彼女に対して同情に似た感情を抱いていた。そして彼女が、たとえば借金のかたにどこかの家からミシンを無理矢理引きずり出すとか、あるいは法律上の問題に関して異様に興奮したりとか、そんな荒っぽい真似に及んでいるとき、彼らは強い苛立ちと、表には出せない意味不明の密かな笑みと、そして深く名状しがたい哀しみとが入り混じった感情を、彼女に対して抱くのだった。しかし善良な人々についてはこれ以上触れまい。というのは、彼らはたった三人に過ぎなかったから。町のほかの人々は架空の犯罪に浮かれて、お祭り気分でその日の午後を過ごした。

ミス・アミーリア自身はどうしてだか、そんなことにはまったく気づきもしないようだった。彼女はその日のおおかたを二階で過ごした。下に降りてきたときは、もの静かに店の中を歩き回るだけだった。オーバーオールのポケットに両手を突っ込み、顎がシャツの襟に隠れるくらいぐっと俯いて。どこにも血痕はついていなかった。時折歩を止め、そこに立って短く刈り込んだ髪の房を指で捻り、ぶつぶつ独りごとを言いながら、真剣な顔つきで床の割れ目をじっと見下ろしていた。だがその日の大半、彼女は二階から降りてこなかった。

暗闇が訪れた。午後に降った雨が空気を冷え込ませ、冬のように陰鬱で寒々しい夕暮れとなった。空に星はなく、細かい氷のような霧雨が降り出した。通りから見ると、家々のランプは悲しげに、ちらちらとまたたき揺れていた。風が立ってきたが、それは沼地の側からではなく、北の黒く冷たい松林から吹き寄せる風だった。

町中の時計が八時を打った。それでもまだ何も起こらない。昼のうち血なまぐさい話が囁かれたためか、荒寥とした夜となり、恐怖を吹き込まれた何人かの人々は家に留まり、炉端に寄っていた。グループを組んで集まるものたちもいた。八人か十人かが、ミス・アミーリアの店の前に参集していた。彼らは黙して、ただじっと待ち受けていた。でも自分たちが何を待ち受けているのか、彼ら自身にもわかっていなかった。緊張が高まったとき、何か大きなことがこれから持ち上がろうとしているとき、人々はなぜかそうして集まってそれを待ち受けるものなのだ。そしてやがて全員が一斉に揃って行動を起こす瞬間が訪れる。誰か一人の考えや意思によって引き起こされる行動ではない。あたかも彼らの本能がひとつに入り交じったみたいに、その決定は特定の誰かによってではなく、グループ全体によってなされるのだ。そのようなときがくれば、ためらうものは一人もいない。そしてそれが平穏のうちに落着するか、あるいは集団の行動が結果的に破壊や暴力や犯罪行為をもたらすか、あくまで成り行き次第ということになる。だから男たちはミス・アミーリアの店のポーチで無言のうちにじっと待ち続けた。自分たちがこれから何をしようとしているか誰ひとり知らなかったが、待たなくてはいけないということだけは腹でわかっていた。そしてそのときがすぐそこまで来ていることも。

　そこで店のドアが開いた。中は明るく、普段どおりの見かけだった。左手にはカウンターがあり、白身肉の厚切りや、氷砂糖や煙草などが置かれている。背後の棚には塩漬けの白身肉や粗挽き粉が並んでいる。店の右手は主に農機具などで占められている。店の奥左手の階段に通じるドアは開いていた。右手のいちばん奥にもひとつドアがあり、それはミス・アミーリアがオフィスと呼んでいる小部屋に通じていたが、そのドアもやはり開いていた。その夜の八時には、ミス・アミーリアがそこのロールトップの机の前に座り、万年筆を手に何枚かの紙片に向かって計算している姿を目にすることができた。

オフィスは愉しげに明るく照らされ、ポーチに群れ集まった町民代表団のことなど、ミス・アミーリアの眼中にはないみたいだった。彼女の周囲はすべて、いつものようにきちんと整理されていた。このオフィスは地域の隅々まで、畏怖の念と共に広く知れ渡っている部屋だった。そこでミス・アミーリアがすべてのビジネスを仕切っているのだ。机の上には丁寧にカバーをかけられたタイプライターがあった。ミス・アミーリアはその使い方を知っていたが、本当に重要な書類にしか用いなかった。抽斗の中には数千に及ぶ数の書類が収められており、アルファベット順にファイルされていた。このオフィスはまた、ミス・アミーリアが病んだ人々を受け入れる場所でもあった。彼女は治療をすることが好きで、数多くそれをこなしていた。二つの棚は様々な瓶や用具でぎっしりで、壁の前には患者たちが座るためのベンチが置かれていた。彼女は熱した針で傷口を縫うことができた。そうすれば傷跡が緑色にならずにすむ。やけどにはひやりと甘いシロップを用いた。原因不明の病にはたくさんの異なった薬が用意されていた。どれも彼女が独自のやり方で処方したものだった。それらは腸をうまく緩めてくれたが、小さな子供に与えてはならなかった。ひどい引きつけをもたらすことになるからだ。小さな子供たちには、彼女はまったく違う飲み薬を与えた。もっと優しくて甘みのあるものだ。そう、概して言えば、彼女は優れた医師と見られていた。彼女の両手はひどく大きく骨張っていたが、その動きは軽快だった。彼女は優れた想像力の持ち主であり、何百もの治療法を使い分けた。どれほど危険な、そして特異な治療法に直面しても、彼女はひるまなかった。そしてどんな病気も、手をつけるのがためらわれるほど恐ろしいものではなかった。しかしそこにはひとつだけ例外があった。婦人病を訴える女性に対しては、彼女は何もできなかったのだ。そのような言葉が口にされるだけで、彼女の顔は恥じらいのために暗さを増していった。そして彼女はそこに立ち、首をうなだれて襟の中に埋《うず》めてしまうか、沼地用の長靴をごしごしとこすり合わせるかするのだった。まるで恥ずかしくて声も出なくなった大きな子供のように。しかし他のことについては、人々は彼女を信用した。彼女は診察料をとらなかったし、いつも患者でいっぱいだった。

その夜、彼女は万年筆でたくさんの書き物をした。とはいえ、暗いポーチに人々が集まってじっと何かを待ち受け、自分の方を見ていることに、さすがにいつまでも気づかないわけにはいかなかった。時折彼女は顔を上げて、彼らをまじまじと見た。しかし「あんたらはどうしてうちの前でそんな風にうろうろしてるんだい、まるでしょうもない井戸端会議みたいにさ?」と大声で問いただしたりはしなかった。彼女の顔は、オフィスの机の前に座っているときはいつもそうなのだが、誇り高く厳めしかった。しばらくすると、人々がこちらをのぞき込んでいることに彼女は苛立ってきたのか、赤いハンカチーフで頬を拭うと、立ち上がってオフィスのドアを閉めた。

ポーチの集団にとって、この行為がひとつの合図となった。そのときがやってきたのだ。彼らは厳しく陰鬱な夜の通りを背中に、長い時間そこに立ち続けていた。延々と待ち続けた末に、そこでやっと行動に移れと本能が命じたのだ。まるでひとつの意思に導かれるように一斉に、彼らは店に足を踏み入れた。そのときそこにいる八人の男たちはほとんどそっくり同じに見えた――全員が青いオーバーオールを着て、大半が白っぽい髪で、全員が血色の悪い顔をして夢見るような据わった目つきをしていた。次に彼らが何をしようとしていたのか、それは誰にもわからない。しかしまさにそのとき、階段のてっぺんに物音が聞こえた。男たちは上を見上げ、驚きに言葉を失った。そこにいるのは、彼らの頭の中では既に殺されたはずのせむしだった。それはまた、彼らが聞かされていたような風体の人物――哀れで薄汚く、乞食同然のチビでお喋りなはぐれもの――なんかではなかった。実際のところ彼は、そこにいる誰もそれまで目にしたことがなかった類いの人物だった。場は死んだように静まりかえった。

せむしは踏みしめる階段の一段一段が自分の持ち物であるかのように、堂々と威厳をもって降りてきた。その数日のうちに彼はがらりと変貌を遂げていた。たとえば文句のつけようもなく清潔だった。前と同じ短い上着を着ていたが、それはきれいにブラシをかけられ、丁寧に繕われていた。その下に着ている鮮やかな赤と黒の格子模様のシャツはミス・アミーリアのもので、はいているのは通常の男がはくズボンではなく、ぴったりとした膝までの長さの小さな半ズボンだった。ガリガリに痩せた脚には黒い長靴下をはき、靴は特殊なものだった。風変わりな形をして、くるぶしの上まで紐が結ばれている。汚れも落としたばかりで、ワックスで磨かれていた。首の周りには、青白い大きな耳をほとんどすっぽり隠すように、ライムグリーンのウールのショールが巻かれ、その房べりはほとんど床に触れんばかりだった。

せむしは小さな堅苦しい歩幅でちょこちょこと店を歩いて横切り、店内に押し入った集団の真ん中に立った。男たちは彼を囲むように空間を空け、そこに立って両手をだらんと脇に垂らし、目を大きく見開いて彼をまじまじと見つめた。せむし自身の振る舞いはいささか風変わりなものだった。彼はそこにいる一人ひとりを、自分の目の高さでじっくりと見ていったが、それは普通の背丈の人のベルトのあたりだった。そして鋭く怠りなく、彼は一人ひとりの下半身を点検した——腰から靴の踵まで。存分に観察すると彼はしばし目を閉じ、首を振った。ここには特筆すべきものは何ひとつ見当たらないと言わんばかりに。そしてその見解を念のためいちおう確認するように、首をぎゅっと後ろに偉そうに傾け、自分のまわりを輪になって囲んでいる人々の顔を、時間をかけてひとりとおり品定めした。店の左手に半分詰まった窒素肥料の袋があり、自分の置かれた立場を見定めたせむしは、その上に腰を下ろした。その小さな脚を組み、居心地良く腰を落ち着け、上着のポケットから何か物体を取りだした。

店の中にいる男たちが平静を取り戻すまでに少し時間がかかった。マーリー・ライアン(三日熱に浮かされて、その日の噂を広めた男)がまず口を開いた。彼はせむしが手でいじっている物体を見ながら、押し殺した声で尋ねた。

「それはいったい何だね?」

せむしが手にしているのが何なのか、みんなにはちゃんとわかっていた。それはミス・アミーリアの父親が所有していた嗅ぎ煙草ケースだった。青いエナメルでできており、蓋には精緻な金細工の模様が入っている。一同はそれをよく知っていたから、すっかり驚いてしまった。彼らは閉じられたオフィスのドアにちらりと目をやった。ミス・アミーリアの吹く口笛が低く聞こえた。

「それは何だね、ちびっこ?」

せむしははっと目を上げ、口を鋭く尖らせて言った。「ああ、これはお節介焼きをいぶし出す餌みたいなものさ」

せむしはもつれた小さな指を嗅ぎ煙草ケースの中に入れて、何かを食べた。でも周りにいる誰にも味見を勧めたりはしなかった。彼が口に入れているのは通常の嗅ぎ煙草ではなく、砂糖とココアを混ぜたものだった。しかし彼はそれをあたかも嗅ぎ煙草であるかのように扱った。その小さな塊を下唇の裏に収め、器用に舌を動かしてそれをぺろりと嘗めた。そのためにしょっちゅう、しかめっ面がその顔に浮かぶことになった。

「あたしの歯はいつも酸っぱい味がしてね」と彼は説明するように言った。「だからこういう甘いものをちょいと口にする必要がある」

人々はまだその周りに、ぎこちなく戸惑いつつ参集していた。その感覚はなかなか消え去らなかったものの、ほどなくそこに別の気分が混じり込んできた――部屋の中に親密な空気と、漠としたお祭り気分が生まれたのだ。その夜に集まった男たちの名前は以下の通りだ。ヘイスティー・マローン、ロバート・カルヴァート・ヘイル、マーリー・ライアン、T・M・ウィリン牧師、ロッサー・クライン、リップ・ウェルボーン、ヘンリー・フォード・クリンプ、そしてホレス・ウェルズ。前にも述べたように、ウィリン牧師を別にすれば、全員が多くの面でそっくり似通っていた。彼らのすべては何かしらから喜びを引き出した覚えがあり、何らかのかたちで泣いたり苦しんだりしたことがあり、大半は腹を立てていない限り扱いやすい人間だった。みんな紡績工場で働いており、二間か三間の住宅に誰かと同居していた。家賃は月に十ドルから十二ドル。それは土曜日だったから、全員がその日の午後に給与を受け取っていた。だからとりあえず、彼らをひとまとめにして考えていただきたい。

しかしながらせむしは頭の中で、既に彼らを選り分けていた。いったんそこにゆっくり腰を据えると、彼は全員とおしゃべりを始めた。彼は質問をした――たとえば結婚しているかどうか、歳はいくつか、平均していくら週給をもらっているか。そのようにして、彼はずいぶん個人的なことまでじっくり聞き漁っていった。ほどなくその集団には他の町民たちも加わっていった。ヘンリー・メイシー、異様なことが起こっていると嗅ぎつけた暇人たち、ふらふらうろついている亭主を連れ戻しにやってきた女たち、そして薄い金髪の浮浪児が一人こっそりと店に入り込み、アニマル・クラッカーの箱を盗み、密かに立ち去るということまであった。そのようにしてミス・アミーリアの店はほどなく人でいっぱいになってきたのだが、彼女自身はまだオフィスのドアを開けようとはしなかった。

世の中には、普通の人にはまずそなわっていない特別な資質を持った人がいる。このようなタイプの人は、通常小さな子供たちにしか見受けられない本能を身につけている。自分と世の中のすべての事柄との間に、生き生きとした結びつきを即座に打ち立てられる本能だ。せむしはまさにそういうタイプの人間だった。店に姿を見せて半時間も経たないうちに彼は、そこにいる全員と一人ひとり、

じかの結びつきをこしらえてしまった。まるでもう何年もこの町に住んでいて、有名人で、数え切れないくらいの回数の夜、この窒素肥料の袋の上に腰掛けて話をしてきた、みたいな具合だった。これが、土曜日の夜ということも相まって、店の中に自由さと、どこかうしろ暗い喜びの空気を生み出したと言ってよかろう。そこにはまた緊張もあった。それは部分的には状況の奇抜さのためであり、またミス・アミーリアが未だにオフィスに閉じこもったまま姿を見せないことによるものでもあった。

　彼女はその夜、十時になって外に出てきた。そして彼女の登場によって何かドラマが起こると期待していたものたちにとって、それは失望のうちに終わった。彼女はドアを開けると、いつものゆっくりとした大幅の闊歩でやってきた。鼻の片側にはインクの筋がついて、首には赤いハンカチーフが巻かれていた。そして場の普通ではない空気にはまるで気がつかないようだった。彼女の灰色の内斜視の目は、せむしの腰掛けているところに向けられ、しばしそこに留まった。店に集まったそれ以外の群衆を見る彼女の目は、ただ穏当な驚きの色を浮かべているだけだった。

「何かご用の方は？」と彼女は静かに尋ねた。

多くの客がいたし、土曜日の夜だったから、誰もが酒を求めていた。ミス・アミーリアは三日前に熟成した樽を地中から掘り起こし、裏手の蒸留所の脇で、そこからサイフォンで瓶に酒を詰めたばかりだった。この夜客から受け取った金を、彼女は明るい灯の下で勘定した。これはいつも通りの手順だ。しかしその後に起こったことはいつも通りではなかった。それより前はいつも、客は暗い裏庭にまわる必要があった。そこで彼女は裏口から人々に酒瓶を手渡すのだが、そのやりとりには心躍るものはなかった。酒を受け取ると、客たちは夜の中に消えていった。あるいは、妻たちが酒を持ち込むことを許さない場合には、店の玄関ポーチにまわってそこで、または通りでがぶ飲みすることを認められていた。ポーチもその前の通りも、みんなしっかりミス・アミーリアの持ちものだった。しかしミス・アミーリアはそれを自分の領域とは考えなかった。彼女の領域とは玄関のドアから始まり、中の建物全体に及ぶところであり、その内側で酒瓶の蓋を開けたり、中身を飲んだりすることは御法度だった――彼女自身を別にして。そして今、彼女は初めてそのルールを破った。彼女はせむしをすぐ背後に従えてキッチンに行き、何本かの酒瓶を明るく温かい店内に持ってきた。それどころかグラスをいくつか用意し、クラッカーの箱をサービスで二つ開け、カウンターの上の皿に盛って、誰でもひとつ無料で手に取れるようにしたのだ。

彼女はせむしだけに語りかけた。そしてしゃがれた粗い声で尋ねた。「カズン・ライモン、あんたはストレートで飲む？　それとも水を足して鍋で温めたものがいいかね？」

「もしよければ、アミーリア」とせむしは言った（この長年にわたって、誰かが面と向かってミス・アミーリアを敬称抜きの名前で呼ぶなどということがあっただろうか？　十日間だけの花婿にして夫は、言わずもがな。実際のところ、彼女の父親が亡くなって以来――その父親は彼女をいつもなぜか「リトル」と呼んでいた――彼女をそのように親しげに呼ぶものは一人もいなかったのだ）。「よかったら温めていただきたいね」

さて、これがカフェの始まりだった。実に単純明快な話だ。それが冬のように陰鬱な夜であったことを思い出していただきたい。店の外に出て一杯やるのはあまり心愉しいことではなかったはずだ。しかし店の中には仲間がいて、心地良い温かさもあった。誰かが奥のストーブに火を熾《おこ》し、ボトルを買った人々は友人たちと酒を分け合った。そこにいた何人かの女性たちはリコリスのねじりキャンディーを嘗めたり、炭酸飲料を飲んだり、また中にはウィスキーをたしなむものまで出てきた。せむしはまだ物珍しさの対象であり、その存在は全員を楽しませた。いくつかの余分な椅子と一緒に、オフィスのベンチも持ち込まれた。他の人々はカウンターにもたれかかったり、あるいは樽や袋の上に腰掛けたりして寛いでいた。店の中で酒瓶が開けられたことによって、手に負えない騒ぎが起こったり、下品なクスクス笑いが聞こえたり、何らかの不適切な行為が見られたりするようなこともなかった。それどころか人々は内気と言ってもいいくらい礼儀正しく振る舞った。というのは町の人々は、楽しむために集まるということに馴れていなかったからだ。彼らは紡績工場で仕事上、顔を合わせたし、あるいは日曜日に終日の野外伝道集会が開かれることもあった――それはひとつのお楽しみではあったものの、集会全体の意図は地獄の風景を鋭く人の目に焼き付け、全能の神の容赦なき恐ろしさを頭に叩き込むことにあった。しかしカフェの精神はそれとはまったく違ったものだ。誰より金持ちで、誰より強欲な因業爺《いんごうじじい》だって、まっとうなカフェにあっては誰を侮辱することもなく、穏やかに振る舞うことだろう。そして貧乏な人たちは謝意を持ってまわりを見回し、上品で謙虚な仕草で塩をつまむ。というのは、まっとうなカフェというものはこのような特質を含んでいるからだ――仲間の意識、胃袋の満足、しかるべき陽気さ、そして適切なおこない。その夜のミス・アミーリアの店に集まった人々に、そんな理屈がいちいち説かれたわけではない。しかし彼らにはそれがちゃんとわかっていた。それまで町には言うまでもなく、カフェなんてものがまったく存在しなかったにもかかわらずだ。

こうしたことすべての原因であるミス・アミーリアは、当夜の大半をキッチンに通じる戸口に立って過ごした。外目には彼女には普段と変わったところはまったく見受けられなかった。しかし彼女の顔つきに目をとめたものも多くいた。彼女は全体に目を配ってはいたが、ほとんどの時間、彼女の目はせむしにだけ淋しげに釘付けになっていた。彼は店内をちょこまかと歩き回り、嗅ぎ煙草ケースの中身を口にし、表情をむずかしくしたり、柔らかくしたり、忙しく変化させていた。ミス・アミーリアの立っているところを、ストーブの隙間から洩れる明かりが赤々と照らしていたので、彼女の褐色の細長い顔はいくぶん光り輝いて見えた。彼女はどうやら自らの内面を見つめているみたいだった。彼女の表情には苦痛と当惑と

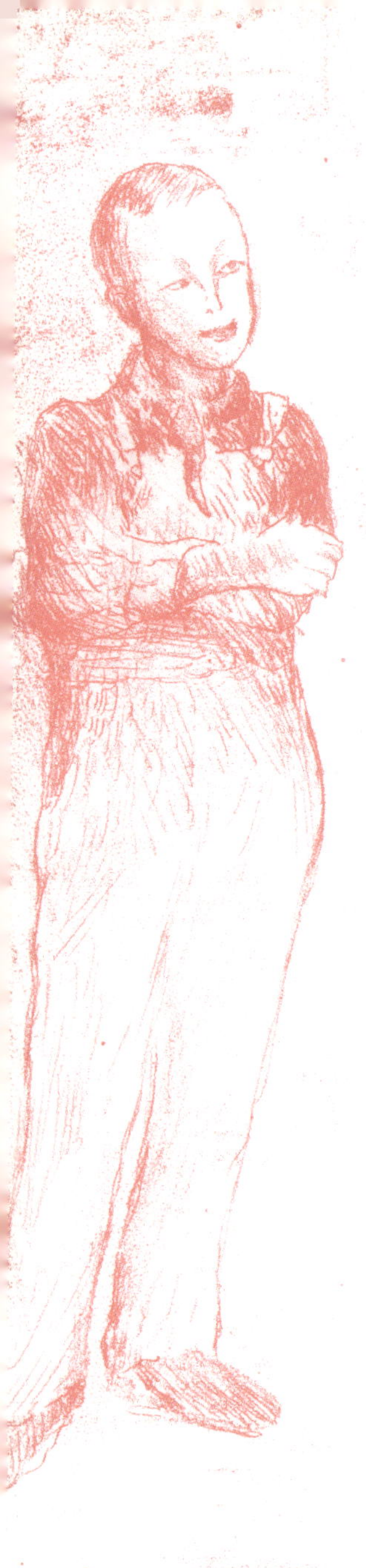

不確かな歓びが見受けられた。その唇はいつもほどは硬く結ばれておらず、何度も唾が飲み込まれた。肌は青白く、何も持っていない大きな両手は汗をかいていた。要するに、その夜の彼女の見かけはまさに恋する人の孤独な姿だった。

カフェのオープニングは真夜中に終了を迎えた。すべての人が他のすべての人に、親しげに別れを告げた。ミス・アミーリアは店の玄関ドアを閉めたが、ボルト錠はかけ忘れた。ほどなくすべてが——三つの店舗があるメインストリートも、紡績工場も、家々も——文字通り町そのものが——暗くなり沈黙した。そして三昼夜が終わった。その三日の間に一人のよそ者が町に到来し、神聖《ホリー》ならざる休日《ホリデイ》があり、カフェがオープンしたのだ。

さて、時を前に進めよう。それからの四年間はだいたい似たようなものだ。そこにはいくつかの大きな変化があるのだが、それらの変化は徐々にもたらされたものだ。一歩一歩は簡易なもので、それ自体にとりわけ意味があるようには見えない。せむしはミス・アミーリアと同じ屋根の下に住み続けた。カフェは次第に拡張していった。ミス・アミーリアは自家製の酒を一杯売りするようになり、テーブルがいくつか店の中に持ち込まれた。客たちは毎夜やって来て、土曜日は混雑した。ミス・アミーリアはナマズのフライ定食を一皿十五セントで提供し始めた。せむしはミス・アミーリアにねだって、上等の自動ピアノを購入させた。二年後には店舗部分は消えて、全部が気の利いたカフェに改装された。毎夜六時から十二時までの営業だった。

毎夜せむしはどこかの大物のような雰囲気を漂わせ、偉そうに階段を降りてきた。常に蕪の若葉の匂いを微かに漂わせていたが、それはミス・アミーリアが朝と夜に、その煮汁を強壮薬として彼にすり込んでいたからだ。彼女は常軌を逸して彼を甘やかしていたが、彼はいっこうに丈夫にはならないようだった。食べ物は彼の瘤と顔を膨らませたが、他の部分は相変わらず弱々しく変形したままだった。ミス・アミーリアの外見には変わりなかった。平日は沼地用長靴にオーバーオールというのいつもの格好だったが、日曜日には暗赤色のドレスを着た。彼女がそれを身に纏うと、実に風変わりな服装に見えた。しかしながら彼女の振る舞いや生き方は大いに変化した。まだ熾烈な訴訟を好んでいたものの、他人を欺いたり、過酷な取り立てをすることはいくぶん手控えるようになった。せむしはひどく交際好きだったので、彼女もつきあって伝道集会や葬儀などの催しにたまに顔を見せるようにさえなった。医療行為は従来どおり盛況で、彼女のつくる酒は、もしそんなことが可能ならばだが、今まで以上に見事なものになった。カフェは利益を生み、近辺数マイル四方で唯一のお楽しみどころとなっていた。

さてここでしばらく、その何年かをばらばらに解きほどかれた視点から眺めてみよう。赤く染まったある冬の朝、せむしはミス・アミーリアのすぐあとをついて、狩りのためにみんなで松林に出かけたところだ。彼女の地所で二人は仕事をしたが、カズン・ライモンは脇に立ったまま何ひとつ手伝わなかった。しかし働き手の誰かがちょっと怠けていると、それを目ざとくみつけて注意した。秋の日の午後には二人は裏のポーチの階段に座って、サトウキビを乱切りにしていた。焼けつくような夏の日には二人は、暗緑色の水生イトスギの繁った沼沢地で時を過ごした。そこではみっちり絡み合った沼地の樹木の下に、眠気を誘う暗がりがあった。道が湿地や、黒ずんだ水たまりになっているところではミス・アミーリアが身を屈め、カズン・ライモンがその背中によじ登った。そして彼女はせむしを背負い、水場を渡っていくのだった。せむしはその間、彼女の両耳か広い額にしがみついていた。時折ミス・アミーリアはクランクを回して、所有するフォードのエンジンをかけ、カズン・ライモンをつれてチーホーの町まで映画を観に行った。あるいはどこか遠くのフェアか、闘鶏を見物に行った。そういう見世物をせむしはひどく喜んだ。もちろん二人は毎朝自分たちのカフェにいたし、二階の居間にある暖炉の脇に何時間も一緒に座っていたものだ。というのはせむしは夜になると気を病み、横になって暗闇と向き合うことを恐れたからだ。彼はまた死に対して深い恐怖を抱いていた。そしてミス・アミーリアはそんな恐怖を味わっている彼を、一人にしてはおけなかった。カフェが発展したのも、主にそのせいであったと言えるかもしれない。カフェのおかげで彼は仲間と楽しみを得ることができたし、夜をうまく乗り切ることができたからだ。そんないくつもの短い光景の集積から、そこにあった歳月の全体像を組み立てていただきたい。とりあえずはそこで話を留めおこう。

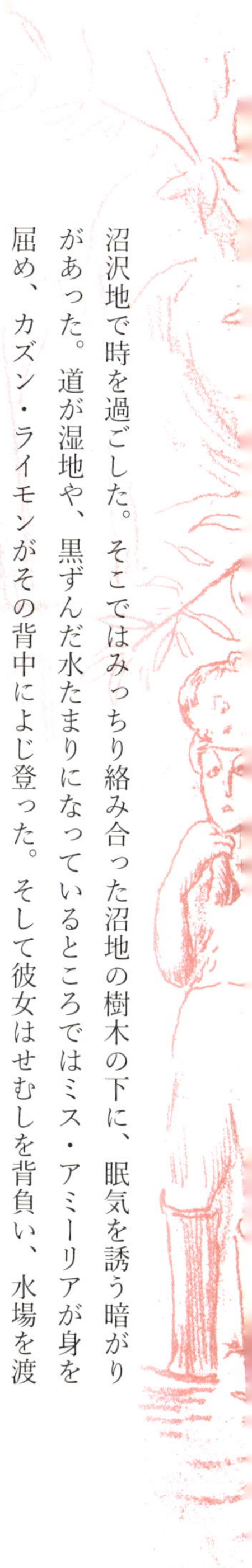

さて、このようなすべての行動について何らかの説明が求められるだろう。愛について語るべき時がやってきたのだ。というのは、ミス・アミーリアはカズン・ライモンを愛していたからだ。それは誰の目にも明らかだった。二人は同じ屋根の下に暮らしており、片時も離れなかった。それゆえにミセス・マクフェイルによれば――彼女は鼻にイボのあるお節介焼きの婆さんで、居間の家具を始終別の場所に移動させている――というか、彼女と他の何人かによれば、その二人は罪の暮らしを続けているということだった。もし彼らが親戚関係にあるとしても、いとこ、またいとこの中間に過ぎないし、それだってきちんと証明する手立てはないのだ。さて、ご存じのようにミス・アミーリアは身長六フィートを超す、力強いラッパ銃のような女性であり、それに比べてカズン・ライモンはせいぜい彼女の腰までの高さしかない弱々しいちびのせむしだ。しかしそれはミセス・スタンピー・マクフェイルとその取り巻き連中にとっては、かえって好都合な事実だった。なぜなら彼女たちやその同類は、不釣り合いで惨めたらしい結合をやたらと喜ぶからだ。そんな連中には好きにさせておこう。善良な人々は、二人の間に肉の歓びらしきものが見いだされたとしても、それは二人と神様だけの関係する問題であると考えていた。この憶測について、分別ある人々すべての意見は一致していた。彼らの答えは平明で実にさっぱりしたものだった。それでは愛とはそもそも、いかなるものなのか？

まず第一に愛とは、二人の人間のあいだの共同体験である。しかし共同体験だからといって、二人の当事者にとってそれが同等の体験であるということにはならない。そこには愛するものがいて、愛されるものがいる。しかしその両者はそれぞれ異なる国からやってきたものなのだ。往々にして「愛されるもの」とは、それまで長年にわたって「愛するもの」の内に静かに蓄積された、愛のすべてに対する一個の刺激物に過ぎないということがある。そしてすべての「愛するもの」はどうしてか、そのことを承知している。自分の愛は孤立したものなのだと、心の底で感じている。そして新しい、見慣れぬ孤独を知るようになり、それゆえに苦しむ。だから「愛するもの」にとってなすべきことはひとつしかない。それはできるだけしっかり、愛を自分の内奥に閉じ込めておくことだ。自らのために、自分の内なるまったく世界を構築しなくてはならない――それは強烈にして風変わりな、それだけで完結した世界だ。そこにひとつ付け加えさせていただくなら、今話している「愛するもの」とは何も、婚約指輪を買うために貯金をしている若者とは限らない。この「愛するもの」とは男でも女でも、子供でもかまわない。この地上に生きる人間の誰であっても差し支えないのだ。

　さて「愛されるもの」の方だって、いかなる人であってもかまわない。どんな異様な人物であれ、愛の刺激物になり得るのだ。曾孫のいるよぼよぼの年寄りが、二十年前のある日の午後、チーホーの町の通りで目にした見知らぬ娘だけを、一途に愛しているかもしれない。牧師が堕落した女を愛するかもしれない。「愛されるもの」は信用のならない、ぼうぼう髪の、悪習に染まった人間かもしれない。そう、そして「愛するもの」だってみんなと同様そのことは承知しているかもしれない。でもだからといってそれは、その愛の高まりを微塵も妨げはしない。とことん凡庸な人間が、沼地の毒性の百合のように野性的で絢爛に美しい愛の対象になるかもしれない。善良な人が暴力的で下劣な愛の刺激物になるかもしれない。戯《ざれ》言《ごと》を喋りまくる狂人が、誰かの心に優しく素朴きわまりない田園詩を呼び込むことになるかもしれない。なればこそどのような愛であれ、その愛の価値と内容は「愛するもの」その人によってのみ決せられるのだ。

　私たちの大半が、愛されるよりはむしろ愛する側にまわりたがるのはそれ故である。ほとんどすべての人が「愛するもの」になりたがる。そしてあけすけに言わせていただけるなら、

「愛されるもの」の立場に置かれることは多くの人にとって、深く秘密めいた意味合いにおいて、耐えがたいことなのだ。愛されるものは愛するものを恐れ憎むが、それにはもっともな理由がある。なぜなら愛するものは、愛する相手を剝き出しの裸にしようと、永遠に試み続けるからだ。愛するものは愛する相手とのあらゆる関係性を切望する。たとえその経験が本人に苦痛しかもたらさないとしてもだ。

ミス・アミーリアがかつて結婚していたことは前に述べた。その奇妙なエピソードはここで今少し明らかにされてもいいかもしれない。これはすべて遥か昔に起こった出来事であることをご記憶願いたい。そしてそれはせむしと出会う前にミス・アミーリアが体験した唯一の、「愛」という現象へのじかの接触だった。

当時の町も、今の町と同じだった。ただ現在三軒ある店は二軒しかなかったし、街路に沿って生えた桃の木は今よりもっと小さく、くねくね曲がっていた。そのときミス・アミーリアは十九歳で、彼女の父親は何ヶ月も前に亡くなっていた。その頃町にはマーヴィン・メイシーという織機修理工の男がいた。彼にはヘンリー・メイシーという弟がいたが、二人のことを知れば、彼らが血を分けた兄弟だなんて、とても考えられなかっただろう。というのはマーヴィン・メイシーはこの近郊では誰よりもハンサムな男だったからだ。六フィート一インチの長身で、筋骨たくましく、ゆったりとした灰色の目に、縮れた髪。彼は裕福で、高給を取り、金時計（裏蓋を開けると描かれた滝が見える）を持っていた。外目から世間的に見れば、マーヴィン・メイシーは恵まれた人間だった。誰に頭を下げたりへいこらしたりする必要もなかったし、いつだって望むものは手に入れた。しかしまともな思慮深い目で見れば、マーヴィン・メイシーは決して人に羨まれる人間ではなかった。というのは彼は邪悪な人間だったからだ。彼には、この郡のどの若者よりも悪い評判が立っていた。まだ少年の頃、彼は何年もの間、自分が剃刀の果たし合いで殺した男から切りとった、塩漬けの乾いた耳を持ち歩いていた。またただ楽しみのために、松林に住むリスたちの尻尾を切り取った。左の尻ポケットには禁制品のマリファナが入っていた。落胆したり、死ぬことを考えたりしている連中を誘惑するためのだ。しかしそうした悪評にもかかわらず、彼はこの近郊の多くの女たちに愛された——そしてここには当時、きれいな髪、柔らかな瞳、魅力的な小ぶりで円《まろ》やかなお尻を持つ、チャーミングな身のこなしの女性たちが何人かいた。そんな可憐な若い娘たちは彼の手で貶められ、辱められた。そしてこのマーヴィン・メイシーは二十二歳の時、最終的にミス・アミーリアを相手に選んだのだ。この孤独を好む、ぎくしゃくした素振りの、へんてこな目つきをした娘こそが、彼が切望した相手だった。彼が彼女を求めたのはお金のためではなく、ひたすら愛のためだった。

そして愛がマーヴィン・メイシーを変えた。ミス・アミーリアを愛するようになる以前であれば、この男の内側には心とか魂とかが存在しているのだろうかと、人は疑ったかもしれない。とはいえ、彼の性格の醜悪さにはいくらか説明のつく部分はある。というのはマーヴィンは過酷な幼少期を送ったからだ。彼は望まれずにこの世に生を受けた七人の子供たちのうちの一人であり、両親は親とも呼びがたい連中だった。両親は無軌道な若者たちで、魚釣りをしたり、沼地をほっつき歩いたりすることを好んだ。生まれた子供たちは（ほとんど毎年新しい子供が生まれたのだが）、彼らにとってはお荷物以外の何ものでもなかった。夜に紡績工場から戻ると、彼らはこんなものたちはいったいどこから降ってわいたのかという顔つきで、子供たちを見やるのだった。子供たちは泣けばぶたれた。子供たちがまず最初に学ぶのは、部屋の暗い片隅に逃げ込み、できるだけ自分の身を護ることだった。彼らは白っぽい髪の小さな幽霊のように痩せこけ、口をきかなかった――子供たち同士の間でさえ。やがて彼らは両親にすっかり見捨てられ、町の恵みに頼るようになった。それは過酷な冬だった。工場は三ヶ月近く閉鎖され、至るところに悲惨さが満ちていた。しかし町は、白人の孤児たちが路上で飢え死にしていくのを、黙って見過ごすわけにはいかなかった。いちばん年上の男の子は八歳だったが、チーホーまで歩いていってそこで姿を消してしまった。おそらくどこかで貨物列車に乗り込み、世間に出ていったのだろう。誰にもその行方はわからない。ほかの三人の子供たちは町の人々に預けられ、台所から台所へとたらい回しにされたが、彼らは丈夫ではなかったので、春の復活祭が来る前にみんな死んでしまった。最後に残った二人の子供がマーヴィンとヘンリー・メイシーで、二人は一軒の家に引き取られた。町にはミセス・メアリ・ヘイルという一人の善良な女性がいて、彼女はマーヴィンとヘンリー・メイシーを引き取り、我が子同様に愛した。二人はその家で育ち、温かく扱われた。

しかし小さな子供たちの心は繊細なものだ。幼児期の過酷な体験は、彼らの心をねじ曲げ、奇妙なかたちに変えてしまいかねない。傷つけられた子供たちの心は強く収縮し、以後永遠に桃の種のように堅く、穴をぶつぶつとうがったものになってしまうかもしれない。あるいはまたそのような子供の心は、傷口がただれて膨らみ、身のうちに抱えているのが耐えがたく、些細なことに傷つき、痛みを覚えることになるかもしれない。その後者のケースがヘンリー・メイシーの身に起こったことであり、彼は兄とは逆に町でいちばん心優しく温厚な人物になった。彼は不運に見舞われた人に給料を貸したし、かつては土曜日の夜に両親がカフェに入り浸っている子供たちの世話をしたものだ。しかし彼は内気な人間であり、いかにも傷ついた心を持ち、苦しみを背負っている人のような顔をしている。その一方でマーヴィン・メイシーは大胆で恐れ知らずで残酷な人間に育った。彼の心は悪魔の角のように非情なものとなり、ミス・アミーリアを愛するようになるまでの彼は、弟と、彼を育ててくれた善良な婦人に恥と面倒しかもたらさない存在となっていた。

ところが愛がマーヴィン・メイシーの性格を一変させた。二年の間、彼はミス・アミーリアを愛し続けたのだが、その思いを打ち明けることができなかった。彼はよく帽子を手に、彼女の店の戸口近くに立っていたものだ。その目は柔和で憧れを浮かべ、灰色の靄《もや》をかぶっていた。彼は人柄をすっかり改善してしまった。弟や育ての母に対して親切に振る舞い、給料を貯金し、節約を覚えた。それどころか彼は神様に近接していった。もう日曜日に日がな玄関ポーチに寝転んで、ギターをかき鳴らして唄を歌うようなこともしなくなった。教会の礼拝に参加し、すべての宗教的な集会に顔を出すようになった。礼儀作法も覚えた。立ち上がって婦人に席を譲るようにもなった。汚い言葉を吐いたり、喧嘩をしたり、みだりに主の名前を口にするのもやめた。そのように二年にわたって彼は変貌を続け、あらゆる面で人格の向上ぶりを見せた。そして二年目の終わり頃のある夜、彼は沼地の花を集めた花束と、豚の腸《チタリン》を詰めた袋と、銀の指輪を持ってミス・アミーリアを訪ねた。そして愛を告白した。

　ミス・アミーリアは彼と結婚した。あとになって人々は、どうしてだろうと首をひねったものだ。結婚式のプレゼントがほしかったからさ、と言うものもいた。ほかのものたちは、チーホーに住むミス・アミーリアの大叔母に結婚しろとうるさくせっつかれたせいだと信じていた。その大叔母は本当にすさまじいばあさんだったから。いずれにせよ彼女は亡くなっ

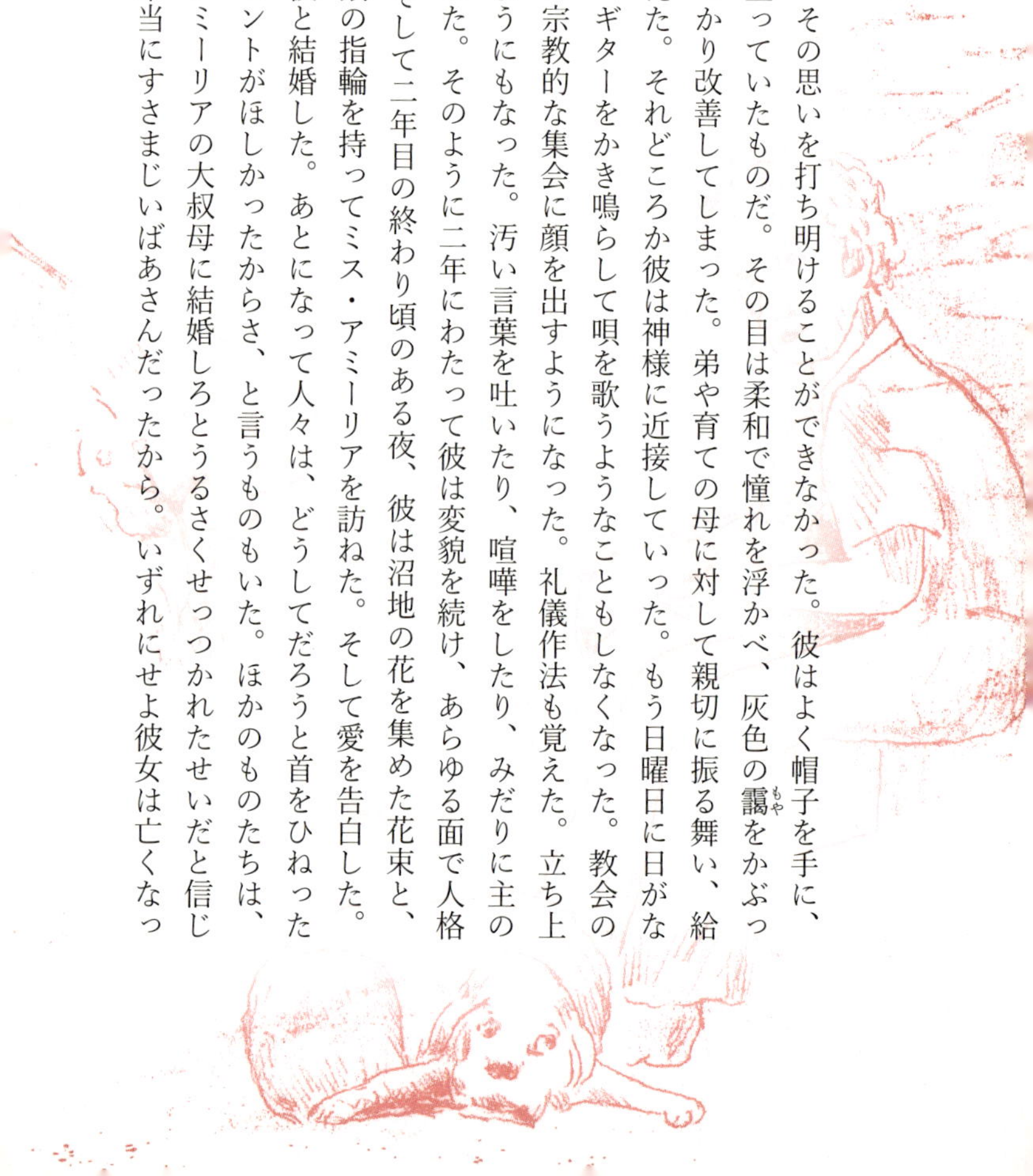

たお母さんのウェディング・ドレスを身にまとい（それは黄色のサテンでできていて、彼女には少なくとも十二インチは丈が短かった）、どかどかと大股で教会の通路を歩んだ。冬の午後で、教会のルビー色の窓から澄んだ太陽の光が差し込んで、祭壇の前の新郎新婦に一風変わった色づけをしていた。結婚の文言が読みあげられている間、ミス・アミーリアは奇妙な動作を続けていた。彼女は右の手のひらでサテンのウェディング・ドレスの脇をこすっていた。彼女はオーバーオールのポケットをまさぐろうとしていたのだ。そしてそれが見つからないとわかると、その顔は苛立ち、退屈そうになり、腹立たしげになった。結婚の文言がようやく読み終えられ、誓いの言葉が口にされると、ミス・アミーリアはさっさと教会から出て行った。夫の腕を取ることもなく、彼の少なくとも二歩前を歩いて。

　教会は店からそれほど遠くないところにあったので、新郎新婦は家まで歩いて戻った。道の途中でミス・アミーリアは、薪を巡ってある農夫とおこなった取引について話を始めたということだ。実のところミス・アミーリアは新郎を、酒を一パイント買い求めに店に入ってきたどこかの客に対するのとまったく同じ態度で扱った。しかしそこまではことはすべて問題なく運んでいた。町の人々は満足していた。なにしろ愛がマーヴィン・メイシーに対して及ぼした効果を彼らは目にしてきたし、同じような変化が花嫁にも起こってくれないものかと希望していたのだ。少なくとも人々は、結婚がミス・アミーリアのきつい気性を宥《なだ》めてくれるだろうと踏んでいた。少しは花嫁らしい丸みがついて、話の通じる女性へと変化を見せてくれるだろうと。

　彼らは間違っていた。その夜、窓から中を覗いていた小さな子供たちは、そこで実際に起こったことをこのように語った。新婚夫婦はジェフのこしらえた豪勢な夕食を食べた——ジェフというのはミス・アミーリアのために食事を作っていた年老いた黒人だ。新婦はすべての料理をお代わりしたが、新郎は少ししか手をつけなかった。それから新婦はいつもどおりのことを始めた。新聞に目を通したり、店の在庫品の点検を終えたり、その手のことだ。新郎はしまりのない、愚かしくも至福に満ちた顔つきで戸口をうろうろしていたが、顧みられることもなかった。十一時になると新婦はランプを手に取り、階段を上っていった。新郎はそのあとをぴったりついていった。そこまではものごとは順調に運んでいた。しかしそのあとに続いて起こったのは、まさに目を疑うようなことだった。

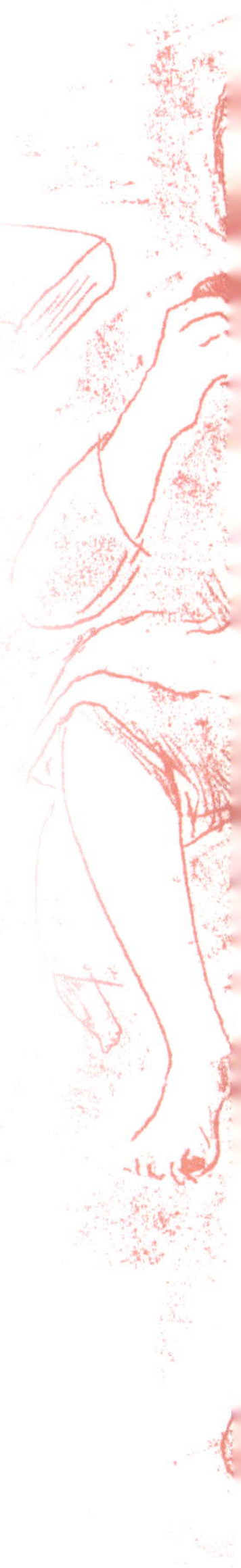

半時間もたたないうちに、ミス・アミーリアはカーキの上着と半ズボンという格好で、足音も荒く階段を降りてきた。その顔は暗く、まったく真っ黒に見えたほどだった。彼女はキッチンのドアをばたんと閉め、それに強烈な蹴りを食らわせた。それから冷静を取り戻した。火を熾し、腰を下ろし、炊事ストーブに両足を載せた。農業年鑑を読み、コーヒーを飲み、父親のパイプをくゆらせた。その顔は硬く厳めしく、もともとの自然な白い肌を取り戻していた。ときどき読むのをやめ、農業年鑑の何かの情報を紙片にさらさらとメモした。夜明け前にオフィスに入り、タイプライターのカバーを取った。彼女はそれを購入したばかりで、使い方を覚えているところだった。彼女は新婚初夜をそのようにして過ごした。日が差してくると、まるで何ごともなかったように庭に出て、前の週から手をつけていたウサギ小屋の組み立てを始めた。彼女はどこかでそれを売るつもりだった。

愛妻とベッドを共にできなかったとなると、新郎としてはまるで立場がない。おまけに町中がそのことを知っているのだ。彼はその日を、まだ結婚式の衣装に身を包んだまま、げっそりした顔つきで送った。彼がその夜をどうやって過ごしたのか、それは誰にもわからない。彼は庭をうろうろして、ミス・アミーリアの姿を眺めていたが、彼女とはいくらか距離を置いていた。そして昼前にある考えが頭に浮かび、彼はソサエティー・シティーの方に向かった。そしてプレゼントを抱えて戻ってきた――オパールの指輪、その頃はやっていたピンクのエナメル製の装身具、ハートが二つついた銀のブレスレット、そして二ドル半もした箱入りキャンディー。ミス・アミーリアはそのような立派な贈り物をざっと見渡し、キャンディーの箱を開けた。お腹がすいていたからだ。残りの贈り物を彼女は鋭い目でしばし眺め、その価値を値踏みすると、売り物を入れるカウンターの中に並べた。その夜も前日の夜とほぼ同じように過ぎていった。ただ彼女は自分の羽毛マットレスを炊事ストーブの脇に運んで、簡易ベッドをしつらえた。そしてそこでおおむねぐっすり眠った。

そのような日々が三日続いた。ミス・アミーリアはいつもどおりに仕事を続け、十マイルほど先の道路に橋が建築される予定だという噂に多大な興味を示した。マーヴィン・メイシーはまだ彼女を家屋の中でうろうろ追い回していた。その顔は彼が心を痛めていることを如実に示していた。そして四日目、彼は無謀としか言いようのない行為に走った。チーホーに

行って、弁護士を連れて戻ってきたのだ。そしてミス・アミーリアのオフィスで、自分の手持ちの財産をそっくり彼女に譲渡するという書類に署名した。それは彼が貯蓄した金で購入した十エーカーの森林地だった。彼女はその書類に子細に目を通し、トリックみたいなものがないか確認してから、平気な顔で机の抽斗の中にファイルした。その日の午後、マーヴィン・メイシーはウィスキーのクォート瓶を持って、まだあたりの明るいうちに一人で沼沢地に入っていった。日暮れ時に酔っ払って戻ってくると、彼は大きく開いた潤んだ目で、ミス・アミーリアのところに行って彼女の肩に手を置いた。彼女に何かを言おうとしたのだが、口を開く前に彼女は思い切り拳を振るい、その衝撃で彼の身体は壁まで飛ばされ、前歯が一本折れた。

その出来事の続きはざっとおおまかにしか語れない。この最初の一撃のあと、ミス・アミーリアは彼が手の届く距離に近づくか、あるいは酔っ払っているかしたときは、すかさず殴りつけるようになった。そしてついには家から追い出してしまった。そして彼はその情けない姿を人々の前に晒さざるを得なくなった。昼の間、彼はミス・アミーリアの敷地の外ぎりぎりのところをうろつき、ときにはやつれた狂気じみた顔つきでライフル銃を持ってきて、座ってそれを掃除しながら、ミス・アミーリアをじっと休みなく凝視していた。彼女がそれを怖がっていたのかどうか、表情からはわからないが、その顔は常にも増して厳めしいものになり、しばしば地面に唾を吐いた。彼の試みた最後の愚かしい努力は、ある夜彼女の店の窓から中に忍び込み、とくに何をするでもなく、朝になってミス・アミーリアが階段を降りてくるまで、暗闇の中にただじっと座っていたことだった。これに対してミス・アミーリアが間を置かずとった行動は、不法侵入のかどで彼を刑務所に閉じ込めようとチーホーの裁判所まで行くことだった。その日にマーヴィン・メイシーは町を出た。彼が出て行く姿を目にしたものはいなかったし、どこに行ったかも誰も知らなかった。出て行くときに彼は長文の風変わりな手紙を残していった。それは部分的に鉛筆で書かれ、部分的にインクで書かれており、ミス・アミーリアのドアの下に挟まれていた。それは凶暴なまでのラブレターだったが、同時にそこには脅迫も含まれていた。将来いつかこの仕返しはすると彼は誓っていた。その結婚は十日しか続かなかった。そして町は格別な満足感を得ることになった。それは誰かが理不尽なすさまじい手段によってとことん痛めつけられたときに、人々が抱く種類の満足感だった。

ミス・アミーリアはマーヴィン・メイシーが所有していたものをそっくり手にして、あとに残された――彼の森林地、彼の金箔の時計、彼の持ち物すべて。しかし彼女はそれらの価値をほとんど認めておらず、その春には彼のクランズマン（KKK）のローブを切って煙草畑の覆いに用いたほどだ。結局彼がおこなったのは、彼女をより裕福にし、彼女に愛をもたらしたことだけだった。しかし不思議といえば不思議なことだが、彼女が彼のことを話すとき、その口調はいつも決まって吐き捨てるような、おそろしく辛辣で憎しみに満ちたものだった。彼の名前を一度たりとも口にすることはなく、いつも嘲るように「私が結婚していた、あの織機修理工」と呼んだ。

そして後日、マーヴィン・メイシーに関する恐ろしい噂が町に届いたとき、ミス・アミーリアはとても喜んだ、愛する心から解き放たれたことによって、マーヴィン・メイシーの本性がようやく明らかになったということで。彼は犯罪者になり、その名前と写真が州のすべての新聞に掲載されたのだ。彼は三カ所のガソリン・スタンドから金を奪い、銃身を短く切った銃をもってソサエティー・シティーのA＆Pストアを襲った。名うてのトラック強奪犯、スリット・アイ・サムを殺害したのも彼ではないかと言われていた。これらの犯罪はすべてマーヴィン・メイシーという名前に結びついており、おかげで彼の悪名は広く各地に知れ渡った。そしてついに彼は警察に逮捕された。酔っ払って、観光客用のキャビンに寝転がっていたのだ。傍らにギターを置いて、右の靴に五十七ドルを詰めて。彼は裁判にかけられ、判決を下され、アトランタ近郊の刑務所に送られた。ミス・アミーリアはいたく満足した。

さて、そのようなことが起こったのはすべて遥か昔のことであり、それがミス・アミーリアの結婚の物語だ。このグロテスクな出来事を巡って、長いあいだ町は大笑いしていた。しかしこの愛は、表に見える事実からすればたしかにうら哀しく、また滑稽なものではあるが、真の物語は恋をする男自身の魂の内で起こったものだということは、記憶されなくてはならない。そう、この愛について、あるいはほかのどのような愛についても、神様以外のいったい誰にその是非を最終的に判定することができよう？　カフェの開いた最初の夜、その踏みつけにされた花婿について――その男は今では遠く離れた惨めな刑務所に収監されている――ふと思いをはせるものも数名はいた。それに続く何年かの間も、マーヴィン・メイシーは町民たちにすっかり忘れられたわけではなかった。その名前がミス・アミーリアやせむしの前で口にされることはなかったが、その男の情熱と犯罪の記憶は、そして彼が今は監獄の独房に閉じ込められているという思いは、ミス・アミーリアの幸福な愛や、カフェの陽気な賑わいにとっての不吉な通奏低音としてそこにあった。だからマーヴィン・メイシーのことをお忘れなきように。彼はこれから語られる物語の中でおぞましい役を果たすことになる。

店がカフェになっていった四年間、階上の部屋にはまったく変わりがなかった。住居のこの部分は、ミス・アミーリアが生まれたときのままだった。彼女の父親にとってもそれは同じだったし、そのまた父親の代からもおそらく変わりはなかっただろう。三つの部屋は、前にも述べたように見事なまでに清潔に保たれていた。どんなに小さなものもきちんと決まった場所に置かれ、すべては毎朝ミス・アミーリアの召使いであるジェフの手によって拭かれ、埃を払われた。表に面した部屋はカズン・ライモンのものになっていたが、それはかつて、住居内に居住を許されていた結婚後数日の間、マーヴィン・メイシーが滞在した部屋だった。そしてその前にはミス・アミーリアの父親の寝室だった。部屋には大きな箪笥と、ごわごわした白いリネンの覆い（端が鉤針編みされている）をかけられた書き物机と、トップが大理石のテーブルが置かれていた。ベッドは広大で、彫り物をされた暗色のローズウッドの古い柱が角に四本立っていた。ベッドの上には羽毛入りのマットレスが二枚、長枕がいくつか、また手製のコンフォートがいろいろ置かれていた。ベッドはとても丈が高く、足もとには木製の二段の踏み台が置かれていた。以前このベッドで寝ていた人々は誰もこの踏み台を使わなかったが、カズン・ライモンは毎夜この階段を引っ張り出して、偉そうにベッドに上った。その踏み台の隣に、こちらは見えないように慎み深く奥の方に押し入れられていたが、ピンクの薔薇が描かれた陶製の室内便器があった。よく磨かれた暗色の床には敷物はまったく敷かれておらず、カーテンは白地で、端はやはり鉤針編みされていた。

居間を挟んだ向かい側はミス・アミーリアの寝室になっていた。小さくて、とても簡素な部屋だ。幅の狭いベッドは松材で作られていた。彼女のズボンやシャツやよそ行きのドレスを収めるための箪笥があった。そして彼女はクローゼットの中に釘を二本打ち付けて、それを沼地用ブーツを吊すために使っていた。カーテンとか敷物とか、装飾品と呼べるようなものは何ひとつない。

真ん中の大きな部屋は居間になっており、念入りにしつらえてあった。ローズウッドのソファは、すり切れた緑色の絹の布張りで、暖炉の前に置かれていた。大理石トップのテーブル、二台のシンガー・ミシン、パンパスグラス（シロガネヨシ）を盛った大きな花瓶——すべてが豪華で巨大だった。居間の中で最も重要な家具はガラス戸のついた大きなキャビネットで、その中には数多くの貴重品や骨董品が収められていた。ミス・アミーリアはそのコレクションに二つの品を付け加えていた——ひとつはウォーターオーク（湿地性カシワ）の大きなどんぐりであり、もうひとつは二つの小さな灰色っぽい石を入れたビロードの小箱だった。仕事の手が空いたときには時々、ミス・アミーリアはこのビロードの小箱を取り出し、それらの石を手のひらに載せて窓際に立っていたものだ。恍惚と、疑念を含む敬意と、恐れが入り交じった目でそれを見下ろしながら。それはミス・アミーリア自

身の腎臓結石で、数年前にチーホーの医師の手で取り出されたものだ。手術は最初から最後までまことにおぞましい体験だった。そして彼女がそこから得たのは二つの小さな石ころだけだ。彼女としてはそれを重く見ないわけにはいかない。そうしなければ引き合わない取引をしたと認めることになってしまうからだ。彼女はそれらを保管しておいた末に、カズン・ライモンと共棲するようになった二年目、時計の鎖の装飾にしつらえて彼に与えた。彼女がコレクションに加えたもうひとつの品物、大きなどんぐりは彼女にとって大事な意味を持っていた。しかしそれを目にするとき、彼女の顔は常に哀しみと当惑の色を浮かべるのだった。

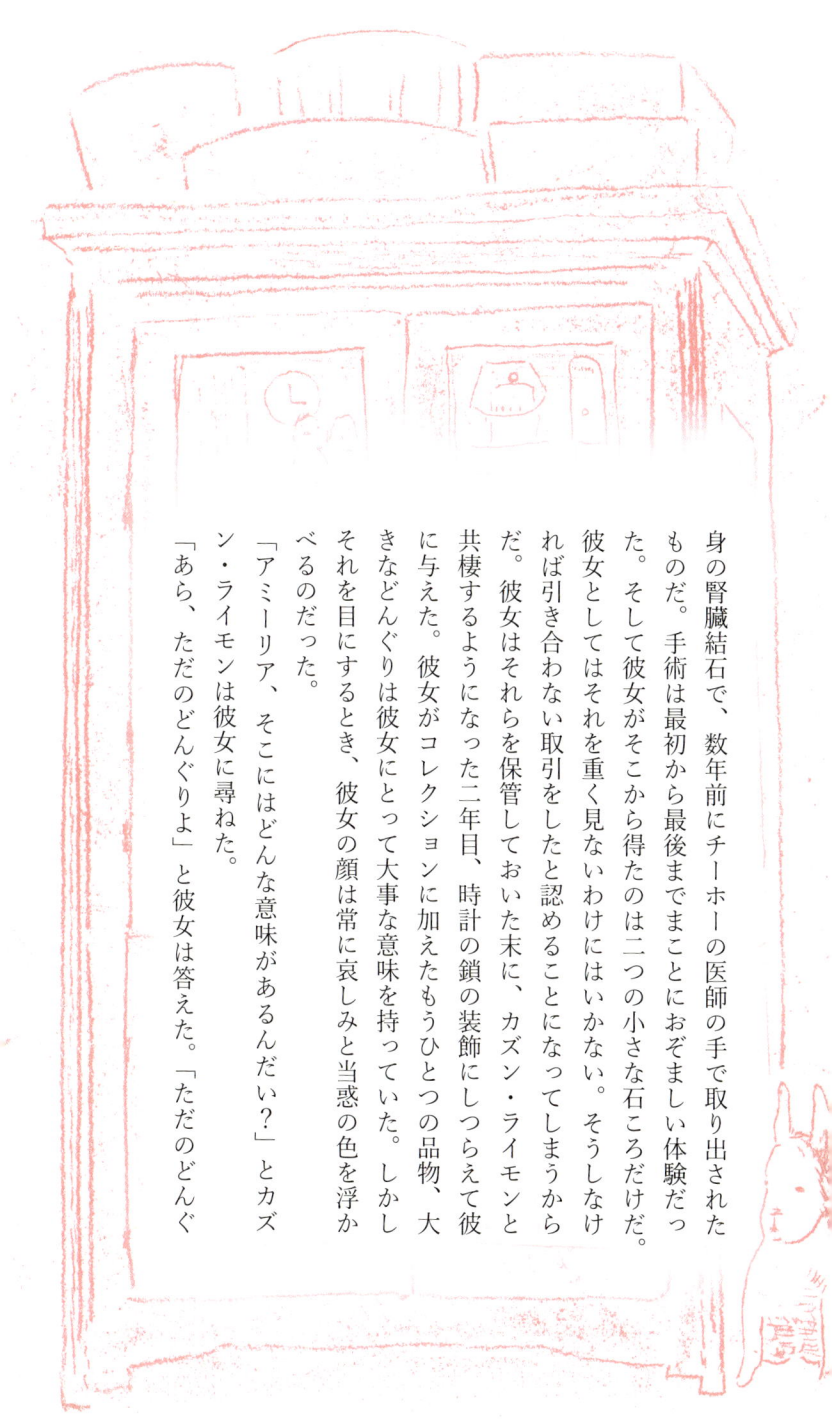

「アミーリア、そこにはどんな意味があるんだい？」とカズン・ライモンは彼女に尋ねた。

「あら、ただのどんぐりよ」と彼女は答えた。「ただのどんぐ

り。ビッグ・パパが亡くなった日の午後に、私はそれを拾ったの」

「どういうことだね？」とカズン・ライモンは更に尋ねた。

「ただのどんぐりってこと。私はその日、地面にそのどんぐりが落ちているのを見て、拾ってポケットに入れた。でもそれがどうしてかはわからない」

「こんなものを大事にとっておくにしては、よくわからん説明だな」とカズン・ライモンは言った。

二階の部屋におけるミス・アミーリアとカズン・ライモンの会話は通常多くの場合、真夜中過ぎの数時間のうちにもたれた。その時間、せむしは眠ることができなかったのだ。基本的にミス・アミーリアは寡黙な女性だった。たまたま頭に浮かんだものごとについてべらべら喋りまくるというようなことはしない。しかしながら、彼女が歓びを覚えるいく

つかの特定の会話の話題はあった。それらのものごとはひとつの共通点を有していた。それは長々しくきりがないということだった。彼女は何十年にもわたって検討されて、それでもまだ解決のつかない問題について考えを巡らせるのが好きだった。一方のカズン・ライモンはそれがどんな話題であれ、とにかく話をするのが好きだった。なにしろ彼はひどいお喋りだったから。すべての会話において、二人のアプローチはまったく異なったものだった。ミス・アミーリアは常に幅広くとりとめのない、ものごとの一般性にしがみつき、低く思慮深い声で果てしなく話を進め、結局どこにもたどり着けなかった。その一方でカズン・ライモンは唐突に彼女の話を遮り、カササギのように何かの細部をつまみあげた。たとえそれは些末であっても、少なくとも手近にある何らかの実際的な面と具体的な関連性を持っていた。ミス・アミーリアが好んで話したがる話題は星とか、黒人の肌が黒い理由とか、癌の最良の治療法とか、そのようなことだった。父親のことも彼女にとっては、果てしなく続くお気に入りの話題だった。

「まったく、ねえ」と彼女はライモンに言ったものだ。「昔はよく寝たわ。ランプが点されるなり、私はベッドに潜り込んで眠ってしまった。まったくの話、温かな車軸グリースの中で溺れるみたいに深く眠ったものよ。そして夜が明けるとビッグ・パパが部屋にやってきて、私の肩に手を置いて『さあ、起きるんだ、リトル』と言った。それからもっとあと、ストーブが温まった頃、キッチンから階段の上に向けて大声でどなったわ。『グリッツのフライだぞ』とどなったものよ。『白身肉とグレーヴィー。ハム・エッグ』。そして私は階段を走り降りて、温かいストーブの脇で服を着替えるの。父さんが外に出てポンプで顔を洗っている間にね。それから私たちは蒸留器のところに行くかあるいは……」

「今朝食べたグリッツはあまりよくなかったね」とカズン・ライモンは言った。「炒める時間が短くて、中まで火が通っていなかった」

「当時ビッグ・パパがお酒を抽出するときには――」と会話は果てしなく続いた。ミス・アミーリアの長い脚は火床の前に伸ばされていた。というのはライモンが冷え性だったせいで、冬であれ夏であれ、火格子の中では常に火が燃えていたからだ。彼は彼女の向かい側の低い椅子に座っていたが、足はほとんど床まで届かず、その身体はだいたいいつも毛布か、緑色のウールのショールにしっかりくるまれていた。ミス・アミーリアはカズン・ライモンを別にすれば、ほかの誰にも父親の話はしなかった。

それは彼女が彼に対して示した愛のかたちのひとつだった。彼は最もデリケートで重要なものごとについて、彼女の信頼を得ていたのだ。彼女はいくつかの特別なウィスキーの樽を、近隣にある自分の所有地に埋めていたが、それを示す地図がどこにあるか知っているのは彼一人だけだった。彼女の預金通帳を扱えるのも、骨董品を入れたキャビネットの鍵を手にできるのも、彼一人だけだった。彼はレジのお金を取った。両手にいっぱい。そしてそれが自分のポケットの中で、じゃらじゃらと大きな音を立てるのを楽しんだ。店や住居の中にあるものはほとんどすべて彼のものだった。というのは彼が不機嫌なとき、ミス・アミーリアはその辺をうろつきまわって、彼のために何かしらプレゼントを見つけたからだ。そんなわけで手もとにはもう、彼に与えるべきものなどほとんど残ってはいなかった。彼女がカズン・ライモンと分かち合いたくないと思う人生のただひとつの部分は、十日間の結婚の記憶だった。マーヴィン・メイシーは二人の間では、いかなるときであれ決して口にされてはならない話題だった。

さて時はゆっくりと流れ、カズン・ライモンが最初に町にやってきてから六年が経過した、ある土曜日の夕方のことだった。八月のことで、町の上空はまるで炎のシートのように、一日中赤く燃え上がっていた。ようやく緑色の夕暮れが近づいてきて、ほっとした空気があたりに流れていた。道路は一インチの厚さの乾いた黄金色の埃で覆われ、そこを走り回る半裸の子供たちはしょっちゅうくしゃみをし、汗をかき、不機嫌そうだった。紡績工場は正午で閉まっていた。メインストリートに並ぶ家に居住する人々は家の前の階段に座って休み、女たちはパルメット椰子の団扇《うちわ》を手にしていた。ミス・アミーリアのところでは、店の入り口に「カフェ」という看板が出ていた。裏のポーチは格子の影が落ちて涼しく、カズン・ライモンはそこに座ってアイスクリーム・フリーザーを回していた。しばしば彼は塩と氷の袋を開け、攪拌機を取りだして少し舐めて、出来具合を確かめた。ジェフはキッチンで調理していた。朝早くからミス・アミーリアは玄関ポーチの壁に告知を張り出していた。「今夜はチキン・ディナー。20セント」店は既に開店しており、ミス・アミーリアはオフィスでの一連の仕事をちょうど終えたところだった。八つのテーブルは既に埋まっており、自動ピアノからは賑やかな曲が流れていた。

入り口近くのコーナーで、一人の子供と同じテーブルに向かっているのはヘンリー・メイシーだった。彼は酒のグラスを傾けていた。それは彼にしては珍しいことだ。というのも彼はすぐに酒が回って、泣き出すか歌い出すかしたからだ。彼の顔はひどく青白く、左目は始終ぴくぴくと神経質に引きつっていた。神経が高ぶるとよくそういうのが出てくるのだ。彼は身体を斜めにして、黙って店に入ってきた。挨拶をされても何も言わなかった。隣にいる子供はホレス・ウェルズの家の子だった。彼はミス・アミーリアに診てもらうために、その朝店に置いて行かれたのだ。

ミス・アミーリアは上機嫌でオフィスから出てきた。キッチンでいくつか細かい作業を終えてから、調理した雌鶏の尻肉を指の間に挟んでカフェに入ってきた。その部分の肉が彼女の好物だったのだ。彼女は店の中を見回し、概ね順調にことが運んでいることを見て取り、そしてコーナー・テーブルに座っているヘンリー・メイシーの隣に行った。彼女は椅子を前後ひっくり返し、背もたれを前にして座った。彼女はただそのようにしてそこにある時間をのんびり送りたかったのだ。夕食はまだ食べる気がしなかった。彼女のオーバーオールの尻ポケットには「クループ・キュア」の瓶が入っていた。ウィスキーと氷砂糖と秘密の成分でこしらえた薬品だ。ミス・アミーリアは瓶のコルク栓を抜き、子供の口にそれを流し込んだ。それからヘンリー・メイシーの方を向き、彼の左目がぴくぴく引きつっているのを見て、尋ねた。

「どこが悪いの?」

ヘンリー・メイシーは何かしら難儀なことを今にも口にしそうだった。しかしミス・アミーリアの両目を長いあいだ覗き込んでいた末に、彼は言いかけていたことをぐっと呑み込み、結局口を開かなかった。

だからミス・アミーリアは患者の方に注意を戻した。子供の頭だけがテーブル面より上に出ていた。子供の顔は赤らみ、瞼《まぶた》は半分閉じて、口は薄く開かれていた。その子の腿には大きな硬い腫れ物ができており、それを切開できないかと、ミス・アミーリアのところに連れてこられたのだ。しかしミス・アミーリアは子供たちにはいつも特別な療法を採用した。彼女は子供たちが痛みに苦しみ、もがき、怯えるのを見たくはなかった。だから彼女はその子を店に丸一日ひきとって、リコリスを与え、「クループ・キュア」を少しずつ飲ませ、日が暮れると首にナプキンを巻いて、たっぷり夕食をとらせた。そして今、彼はテーブルの前に座って頭をゆっくり左右に揺すっていた。呼吸に合わせて、疲れ果てたような小さな呻きが洩れた。

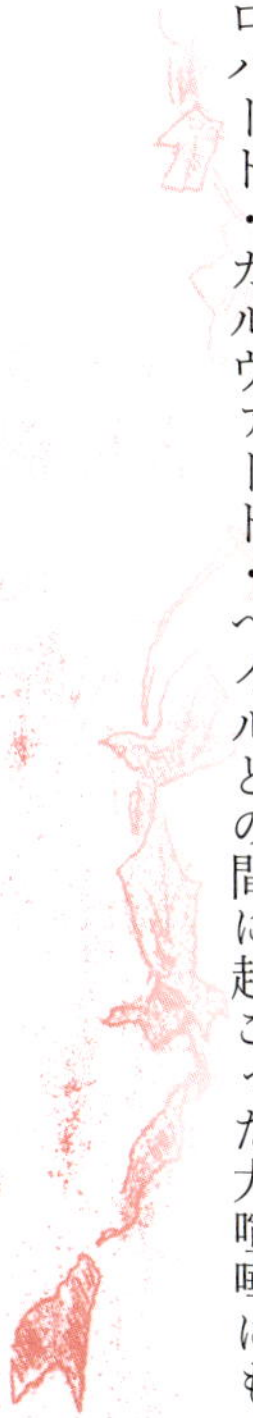

　カフェの中にちょっとしたざわつきが生じた。ミス・アミーリアはさっと首を回した。カズン・ライモンが店に入ってきたのだ。せむしは毎晩そうするように気取った歩き方でカフェに入ってきて、店のぴったり中央の地点まで来るとそこで立ち止まり、鋭い目で周りを見渡して人々を品定めし、その夜自分が扱えるどのような感情の素材が手中にあるか、素速く見積もるのだった。せむしはなにしろ人と人とを仲違いさせるのが大好きだった。彼はあらゆる種類のいざこざを楽しんだ。そして一言も発することなく、奇跡的なやり方で人々を互いに敵対させることができた。二年前、レイニー家の双子が一本のジャックナイフを巡って喧嘩を始め、それ以来お互い一言も口をきいていないのは、彼のせいだった。リップ・ウェルボーンとロバート・カルヴァート・ヘイルとの間に起こった大喧嘩にも——いやそんなこ

とを言えば、彼が町にやってきてから起こったすべての喧嘩騒ぎには――彼が介在していた。彼はあらゆる場所を嗅ぎ回り、人々がこっそりとおこなっていることを見て取り、四六時中そこに鼻を突っ込んだ。にもかかわらず、奇妙といえば奇妙なことだが、カフェが絶大な人気を誇っていたのは、主としてせむしのおかげだった。彼が顔を出さないことには、店は陽気に盛り上がらなかった。彼が店内に足を踏み入れると、場の空気がさっと張り詰めた。何故ならこのお節介焼きがあたりにいる限り、自分の身に何が降りかかるか、あるいはこの店の中でどんなことが引き起こされるか、誰にも見当がつかなくなるからだ。人々はちょっと先に騒動だか厄介ごとの火種が見えないことには、なかなか心をさっぱり解放したり、手放しで歓びに浸ったりできないものなのだ。だからせむしが店の中に意気揚々と足を踏み入れるとき、みんなは首を曲げてそちらを見やり、会話が一斉に活気づき、コルクの栓が抜かれるのだ。

ライモンは、マーリー・ライアンとヘンリー・フォード・クリンプと席を同じくしているスタンピー・マクフェイルに向かって手を振った。「今日は釣りをするために、ロットン・レイクまで歩いて行ったんだ」と彼は言った。「その途中で、最初大きな倒木のように見えたものをまたいだ。でもまたいでいるとき、何かが動いたような気がした。それでよく見てみると、あたしがまたいでいたのはでかいワニだったのさ。長さはこの玄関ドアからキッチンくらい、胴は豚よりも太かったね」

　せむしはお喋りを続けた。みんながちらちらとそちらを見た。彼の話をしっかり聞いているものもいれば、そうではないものもいた。彼の言うことは時として隅から隅まででっち上げであり、ほら話だった。その夜彼が話したことはすべて嘘っぱちだった。彼は夏の扁桃腺炎にかかって、一日中ベッドで横になっていたのだから。ベッドを出たのは午後も遅くなってからで、アイスクリーム作りの機械をぐるぐる回すためだった。みんなはそのことを承知していた。にもかかわらず彼はカフェの真ん中に立って、聴くものの耳が萎れてしまうほどの嘘と自慢をべらべらと並べ立てた。

　ミス・アミーリアは両手をポケットに突っ込み、首を片方に傾け、彼のそんな姿を見ていた。その風変わりな灰色の目には優しげな色が浮かび、彼女は自らに向かって穏やかに微笑んでいた。時折彼女は視線をせむしからほかの客たちへと移した――するとその目には誇りの色が浮かんだが、同時にまた、「誰かが突っかかってきて、この人の馬鹿な真似を責めたりしたら、ただではおかないよ」という剣呑な物腰も僅かにうかがえた。ジェフが何人分かの夕食を抱えて店に入ってきた。料理はどれもあらかじめ皿に盛られていた。新しい電動の扇風機が店の空気を涼しくかき回していた。

「この子は眠っちまったよ」とヘンリー・メイシーが初めて口を開いた。

ミス・アミーリアは隣に座った患者を見下ろし、目下の問題に向けて顔つきを作り直した。子供は顎をテーブルの端に載せ、その口の端からは唾液だか「クループ・キュア」だかが泡となって垂れていた。両目は固く閉じられ、ブヨの小さな一家がその両端に静かに群がっていた。ミス・アミーリアはその頭に手をやり、荒々しく揺さぶったが、子供は目を覚まさなかった。それでミス・アミーリアは子供をテーブルから引っ張り上げ、脚の痛む部分に触れないように注意しながら、自分のオフィスまで運んだ。ヘンリー・メイシーはあとについて行って、彼らはオフィスのドアを閉めた。

その夜、カズン・ライモンは退屈していた。大したことは起こらなかったし、その暑さにもかかわらず、カフェの客たちはみんな上機嫌だったからだ。ヘンリー・フォード・クリンプとホレス・ウェルズは真ん中のテーブルに座り、互いの身体に腕を回しながら、長いジョークににたにた笑いを浮かべていた。しかし二人に近づいていったとき、せむしにはさっぱり話の筋がわからなかった。その話の最初の部分を聞き逃していたからだ。月光が埃っぽい道を明るく照らし、丈の低い桃の木は黒々として動きがなかった。無風だった。沼地の蚊の眠気を誘う羽ばたきは、静かな夜のこだまのように聞こえた。道路の右手の遥か遠くにランプの小さな煌めきが見えるのを除けば、町は真っ暗に見えた。暗闇のどこかで一人の女が、荒々しい高い声で歌っていた。始まりも終わりもない、三つの音だけでできた歌で、それをいつまでも果てしなく歌い続けている。せむしはポーチの手すりにもたれて立ち、誰か通りかからないものかと心待ちにするように、ひとけのない通りを見渡していた。

背後に足音が聞こえ、声がかけられた。「カズン・ライモン、夕食がテーブルに用意できてるよ」

「今夜は食欲がなくてね」とせむしは言った。実のところ、嗅ぎ煙草ケースに入れた甘いものを一日中口にしていたのだが。「口の中に酸っぱい味がする」

「一口だけでも」とミス・アミーリアは言った。「胸肉、肝臓、心臓」

二人は一緒に明るい店内に戻り、ヘンリー・メイシーと同じテーブルに着いた。それはカフェではいちばん大きなテーブルだった。テーブルの上にはコカコーラの瓶に活けられた沼地の百合の花束があった。ミス・アミーリアは患者の治療を完了させて、満足していた。閉められたオフィスのドアの奥から、眠たげな哀訴がほんの何度か聞こえてきたが、患者が目を覚まして恐怖を感じ始める頃には、すべてはもう終了していた。子供は今では父親の肩に担がれて熟睡し、その小さな両腕は父親の背中に力なく垂れていた。顔は紅潮して膨らんでいる――父子はこれからカフェをあとにして帰途に就くところだった。

　ヘンリー・メイシーは相変わらず口をつぐんでいた。彼は慎重に食事を取り、喉の奥に呑み込む際にもまったく音を立てなかった。そして食欲がないと言い立てていたカズン・ライモン（今では次から次へとお代わりを平らげている）の三分の一もがつがつしてはいなかった。時折ヘンリー・メイシーは向かいのミス・アミーリアにちらりと目をやったものの、やはり変わらず静謐を保っていた。

典型的な土曜日の夜だった。田舎からやってきた年配の夫婦が入り口で手を握り合って、どうしようか迷っていたが、結局心を決めて中に入ってきた。この田舎から来た老齢の夫婦はあまりに長く一緒に暮らしてきたので、双子のように似通っていた。褐色で縮んでいて、並んで歩く小さなふたつの落花生のようだ。二人は早々に引き上げ、真夜中までにはほかの大方の客も帰ってしまった。ロッサー・クラインとマーリー・ライアンはまだチェッカー遊びを続けていた。スタンピー・マクフェイルはテーブルに酒瓶を置いて座り込んで（彼の妻は家での飲酒を許さなかった）、自らを相手に心置きなく会話を交わしていた。ヘンリー・メイシーはまだ引き上げておらず、それは普段はないことだった。というのは彼は日が暮れると、だいたいすぐにベッドに入ってしまうからだ。ミス・アミーリアは眠たげにあくびをしたが、ライモンはむずむずとして落ち着かなげだったので、今夜はもうそろそろ店を閉めようとは言い出さなかった。

一時になってようやく、ヘンリー・メイシーは天井の隅を見上げ、静かな声でミス・アミーリアに言った。「今日、手紙を受け取った」

ミス・アミーリアはそう言われてひるんだりはしなかった。というのは、あらゆる種類の

ビジネス書簡やカタログが彼女のもとに送りつけられてくるからだ。

「兄からの手紙が届いた」とヘンリー・メイシーは言った。

頭の後ろで両手を組み、膝を曲げない歩き方で店の中を歩き回っていたせむしは突然立ち止まった。ある集まりの中で、何らかの空気の変化が生じたとき、彼はそれを即座に察知することができた。彼は店内の一人ひとりの顔にちらちらと目をやり、待ち受けた。

ミス・アミーリアはぎゅっと顔をしかめ、右の拳を握りしめた。「そりゃよかったね」と彼女は言った。

「兄は仮釈放された。刑務所から出てきたんだよ」

ミス・アミーリアの顔はどす黒くなった。暖かい夜だったが、彼女はぞくっと身震いした。スタンピー・マクフェイルとマーリー・ライアンはチェス盤をわきへ押しやった。カフェはしいんと静まり返った。

「誰?」とカズン・ライモンが尋ねた。彼の大きな青白い耳は、頭の脇でさらに大きくなり、堅くこわばったように見えた。「何?」

ミス・アミーリアは両の手のひらをぴしゃっとテーブルに叩きつけた。「なぜならマーヴイン・メイシーは――」、しかしその声はかすれて、その少しあとでこう続けただけだった。

「あいつは死ぬまであの刑務所に入っているべきなんだ」

「そいつは何をしたんだね?」とカズン・ライモンが尋ねた。

長い無言の時間があった。どう答えればいいのか、誰にもわからなかったから。「彼はガソリン・スタンドを三軒襲ったんだ」とスタンピー・マクフェイルが言った。でも彼の言葉は完結したものとして響かなかったし、まだ言い残された罪科があるという感覚があとに残った。

せむしは苛立っていた。彼は自分が何かから置き去りにされることに我慢ならなかった。たとえその何かが最大級の災厄であったとしてもだ。マーヴィン・メイシーという名前に聞き覚えはなかったが、それが彼を惹きつけた。他人が知っているのに、自分が聞いたこともない事柄――たとえば彼が町に来たときには既に取り壊されていた古い製材所の話や、哀れなモリス・ファインスタインに関するたまたまの言及や、自分の登場する前にここで起こった何らかの出来事の回想とか――が口にされると彼は常に惹きつけられるのだった。そのような飽くなき「知りたがり屋」の性向に加えて、せむしは強盗とか、そのほかあらゆる犯罪行為に対して人並み外れた興味を抱いていた。テーブルの周りをとことこと歩きながら、彼は「仮釈放」とか「刑務所」という言葉をぶつぶつと呟いていた。しかし彼がどれだけしつこく問いただしても、詳しいことは判明しないままだった。というのは、ミス・アミーリアがいる前でマーヴィン・メイシーについて述べる勇気を持つものなど、このカフェにはただの一人もいなかったからだ。

「手紙には詳しいことは書かれていなかった」とヘンリー・メイシーは言った。「どこに行くとも言ってなかった」

「ふん！」とミス・アミーリアは言った。彼女の顔は依然として硬く強ばり、黒々としていた。「あいつが私の敷地に、あの裂けた蹄《ひづめ》（悪魔の徴とされている）を踏み入れるなんてことは金輪際許さないからね」

彼女は座っていた椅子をテーブルの前からさっと後ろに押しやり、店を閉める支度を始めた。マーヴィン・メイシーのことを考えて不安になったのか、キャッシュ・レジスターを抱えてキッチンに運び、秘密の場所に置いた。ヘンリー・メイシーは暗い道を歩いて帰っていった。しかしヘンリー・フォード・クリンプとマーリー・ライアンはまだしばらく玄関ポーチでうろうろしていた。後日マーリー・ライアンは誓ってこう主張した。その夜自分はこれから何が起こるか、その情景を目にしたと。しかし町の人々はそんなことは聞き流した。いかにもマーリー・ライアンが口にしそうなことだったからだ。ミス・アミーリアとカズン・ライモンは居間でしばらく二人で話をしていた。そしてそろそろ眠れそうだとせむしが思った頃、ミス・アミーリアは彼のベッドの上に蚊帳を吊り、彼がお祈りを終えるまで待った。それから丈の長いナイトガウンに着替え、パイプを二本吸い、長い時間を置いてからようやく眠りについた。

その秋は幸福な時節だった。周辺の農地の実りは豊かで、フォークス・フォールズ・マーケットでの煙草葉の価格は堅調だった。長く暑い夏が過ぎて、涼しい日々がようやく訪れ、きりっと輝かしい甘さがそこに嗅ぎ取れた。埃っぽい道路に沿ってアキノキリンソウが育ち、サトウキビは紫色に熟していた。毎日チーホーからのバスが、統合学校に通う数人の子供たちを運んでいった。男の子たちは松林の中で狐狩りをし、冬用のキルトが虫干しのために物干しロープにかけられた。寒い季節の到来に備えて、サツマイモが藁をかけられて地中に埋

められた。日が暮れると、細い煙が遠慮がちに煙突から立ちのぼり、秋空に浮かんだ月は丸く橙《だいだい》色に輝いていた。秋の最初の冷え込んだ夜の静けさほど深くしんとしたものはない。風のない深夜なんかに時折、ソサエティー・シティーを抜けて遥か遠く北部に向かう列車の猛々しい汽笛が、うっすら耳に届くようなこともあった。

ミス・アミーリア・エヴァンズにとっては行動がとりわけ活発になる時期であり、夜明けから日暮れまで仕事に励んだ。彼女は蒸留所のために大型の新しい凝縮器を作り、郡一帯を酒漬けにできるほどのウィスキーを一週間でこしらえた。年老いたラバは、あまりにたくさんのサトウモロコシを挽かされて目を回してしまった。彼女はガラス密閉容器を熱湯処理し、保存用の桃を詰めた。そして最初の降霜を期待を込めて待ち受けた。というのは彼女は三匹の巨大な豚を買い入れており、それでバーベキューと豚の腸《チタリン》とソーセージをたんまりこしらえるつもりだったからだ。

その数週間、多くの人々はミス・アミーリアが昂揚した状態にあることに気がついた。彼女はよく笑った。深く、きれいに響く笑い声だった。また彼女の口笛には活きのいい、音楽性たっぷりの仕掛けがあった。彼女には重いものを持ち上げたり、固い力こぶを指で突いたり、自分の力強さを試し続けるところがあった。ある日彼女はタイプライターの前に座り、お話をひとつ書き上げた。外国人たちや、秘密の跳ね上げ戸や、数百万ドルの現金が出てくるお話だった。カズン・ライモンは常に彼女と一緒にいて、彼女のコートの裾にすがりつくみたいにとことこと歩いた。その姿を見つめる彼女の顔には、穏やかで晴れ晴れとした表情が浮かんだ。彼の名前を呼ぶとき、彼女の声の底には愛の響きが聞き取れた。

最初の寒気が遂に訪れた。ミス・アミーリアがある朝目を覚ますと、窓ガラスには氷の花が咲き、庭の芝生は降霜で銀色になっていた。ミス・アミーリアは炊事ストーブに盛大に火を熾してから、外に出てその日の天候を点検した。空気はきりっと冷たく、空は淡い緑色で雲ひとつなかった。ほどなく近郊から人々が、今日の天気の具合を彼女がどう思っているか確かめにやってきた。彼女はいちばん大きな豚を殺すことに決め、その知らせはあたり一帯にぱっと広まった。豚は殺され、バーベキュー・ピットにはオークの穏やかな火が熾された。あたりには豚の血と、裏庭の煙の温かな匂いが漂い、勢いの良い足音と凜とした人々の声が冬の空気に響いた。ミス・アミーリアは歩き回っててきぱき指示を与え、ほどなく大方の作業は終了した。

彼女は当日チーホーの町にちょっとした用件があった。だから物事が順調に運んでいることを確かめてから、自動車のエンジンをかけ、出発の準備をした。そしてカズン・ライモンに一緒に来ないかと声をかけた。実際のところ七回も誘ったのだ。しかし彼はその賑やかな騒ぎを見逃すのが嫌で、あとに残りたいと言った。このことはミス・アミーリアの気持ちを乱したようだった。彼女はいつだって彼を手もとに置きたがったし、少しでも遠方に出かけなくてはならないとなると、ひどいホームシックに襲われがちだったからだ。しかし七回声をかけたあと、それ以上強要はしなかった。出かける前に棒を一本見つけ、バーベキュー・ピットのまわり、縁からおおよそ二フィートのところに深々と線を引いた。そしてその線より内側に入ってはいけないと彼に申し渡した。昼食のあと彼女は出発したが、日暮れまでには戻るつもりだった。

チーホーからどこかに向かうトラックなり乗用車なりが、道路沿いに町を抜けていく姿を目にするのは、そう珍しいことではない。ミス・アミーリアのような裕福な人々と論議を交わすべく、毎年収税吏がやって来る。そして町の誰かが、たとえばマーリー・ライアンのような人間が、うまくいけば割賦で自動車が買えるかもしれない、あるいは三ドルの頭金さえ

払えば、チーホーの電気器具店のウィンドウで宣伝しているような立派な電気冷蔵庫が手に入るかもしれないというようなことを考えついたとき、都会から担当者がやってきて、あれこれ立ち入った質問をして、依頼人が多くの問題を抱えていることを見て取り、割賦払いで何かを買おうというような相手の思惑を潰してしまう。時折、とくに労働囚人たちがフォークス・フォールズ・ハイウェイで作業するようになってからは、彼らを乗せた車が町を抜けていくようになった。そしてしばしば道に迷った運転者たちは、どうしたら正しい道に戻れるかを尋ねるために車を停めた。そんなわけだから、ある日の午後遅く、一台のトラックが紡績工場を通り過ぎ、ミス・アミーリアのカフェ近くの道路の真ん中で停車したとしても、それは取り立てて珍しいことではなかった。一人の男がトラックの後ろの荷台から飛び降り、トラックはそのまま去って行った。

男は道路の真ん中に立ってあたりを見回した。男は長身、髪は茶色で縮れていた。ゆっくり動く目は深い青色だった。唇は赤く、その微笑みは自信家の笑みのように、うっすら細く気怠いものだった。男は赤いシャツを着て、装飾を施された幅広の革のベルトをつけていた。そして安物の金属製スーツケースと、ギターを持っていた。この新参ものを町で最初に目に

したのはカズン・ライモンだった。彼は車のギアが切り替わる音を耳にして、何ごとか確かめにきたのだ。せむしはポーチの角から頭を突き出したが、全身は見せなかった。彼と男はじっと互いを見つめ合った。それは見知らぬもの同士が初めて顔を合わせ、お互いを素速く品定めするときの顔つきではなかった。二人の間で交わされたのは、独特の奇妙な凝視だった。まるで二人の犯罪者が互いを認め合うような。赤いシャツを着た男は左の肩をすくめ、顔を背けた。男が道を歩き去って行く様を見つめるせむしの顔は、ひどく青ざめていた。そして少し間を置いて、彼は男のあとをつけ始めた。かなりの距離を置いて、用心深く。

マーヴィン・メイシーが町に戻ったという噂はあっという間に町中に広まった。まず最初に彼は紡績工場に行き、窓枠に肘を載せて中を覗き込んだ。すべてののらくらものがそうであるように、彼は他人が懸命に働いている姿を見るのが好きだった。工場は麻痺した混乱状態に投げ込まれた。染色工たちは熱湯桶から離れ、紡績工と織工たちは機械のことなど忘れ、職工長のスタンピー・マクフェイルまでが、何をどうすればいいのかわからなくなっていた。マーヴィン・メイシーはまだその湿った薄ら笑いを浮かべ、弟の姿を認めたときもその偉そうな表情は変化を見せなかった。工場を一通り検分すると、マーヴィン・メイシーは自分が育った家まで道を歩き、その玄関ポーチにスーツケースとギターを残していった。それから水車池をぐるりと回り、教会と三軒の店と、残りの町を見て歩いた。せむしは一定の距離を置いて、彼のあとをとぼとぼついていった。両手をポケットに入れて。彼の顔は今も真っ青なままだった。

時は過ぎていった。真っ赤な冬の太陽が沈むにつれて、西の空は深い黄金色と緋色に染まった。羽もぼろぼろのエントツアマツバメたちはねぐらに帰って行った。ランプに火が点された。時折煙の匂いが漂ってきた。カフェの裏手のピットでバーベキューがゆっくりと調理される、温かく芳醇な匂いだ。町をひと巡りしたあとで、マーヴィン・メイシーはミス・アミーリアの店の前で歩を止め、ポーチの上に掲げられた看板を読んだ。それからそこが私有地であることなど気にもかけず、横手の庭を通り抜けた。紡績工場の薄っぺらでもの悲しいホイッスルが鳴った。昼間のシフトが終了したのだ。ほどなくミス・アミーリアの裏庭では、マーヴィン・メイシーの隣にほかの人々も立っていた——ヘンリー・フォード・クリンプ、マーリー・ライアン、スタンピー・マクフェイル、そして数え切れないほどの子供たちや住民たちが、地所の端っこを取り巻いて見守っていた。口をきくものはほとんどいなかった。マーヴィン・メイシーはピットの一方の側に一人で立っていた。残りの人々はその反対側に集まっていた。カズン・ライモンはみんなから少し離れた場所にいた。そしてマーヴィン・メイシーの顔からいっときたりとも目を離さなかった。

「刑務所は楽しめたかね?」とマーリー・ライアンが愚かしいくすくす笑いをしながら尋ねた。マーヴィン・メイシーは返事をしなかった。彼は尻ポケットから大きなナイフを取り出し、ゆっくり刃を開き、ズボンの尻の部分で研いだ。マーリー・ライアンは急に静かになり、スタンピー・マクフェイルの広い背中の真後ろに回って立った。

あたりがおおかた真っ暗になるまでミス・アミーリアは戻ってこなかった。彼女がまだ遠方にいるうちから、その車のがたがたという音は耳に届いた。それからドアがばたんと閉まる音、何かを抱えて店の正面階段を上がっていく、どすんどすんという音。太陽は既に沈み、空気中には初冬の夕べ特有の青みがかった、くすんだ輝きが見受けられた。ミス・アミーリアはゆっくりと裏のポーチの階段を降りてきた。庭の一団は彼女をどこまでも静かに待ち受けた。ミス・アミーリアに正面から立ち向かえる人などこの世界にほとんど存在しない。そしてマーヴィン・メイシーに対して彼女は尋常ではない深い憎しみを抱いていた。彼女が彼に向かってすさまじい雄叫びを上げ、何か危険なものを手にして男を追い回し、町から追い出すのを誰しもが待ち受けた。最初のうち彼女はマーヴィン・メイシーに気がつかなかった。どこか遠くに出かけていて帰宅したときにはいつもそうだが、彼女の顔にはほっとした夢見るような表情が浮かんでいた。

　ミス・アミーリアはマーヴィン・メイシーとカズン・ライモンを同じ瞬間に目にしたに違いない。彼女は二人を交互に見比べた。しかし彼女がその血の気の引いた、驚きの視線を最終的に注いだ相手は、刑務所帰りのならず者の方ではなかった。彼女は——そしてまたほかの全員が——カズン・ライモンを見ていた。そのときの彼はまさに見ものだったのだ。

　せむしはピットの端っこに立っていた。彼の青ざめた顔は、くすぶっているオークの炎の柔らかな輝きに照らされていた。カズン・ライモンはきわめて奇妙な特技をひとつ身につけており、誰かに気に入られたいと思うとき、常にその手を用いた。じっと立って、ほんの僅かに神経を集中させれば、その青白い大きな両耳を驚くほど素早く揺り動かすことができたのだ。いとも簡単に。ミス・アミーリアから何か特別なものを引き出したいとき、彼はいつもこの技を使った。そして彼女はそれに抵抗できなかった。そして今、彼はそこに立って、頭の両側で耳を激しく打ち振っていた。しかし今回彼が見ているのはミス・アミーリアでは

なかった。せむしはマーヴィン・メイシーに向かって微笑みかけていた。絶望に近い哀願を込めて。最初のうちマーヴィン・メイシーは彼に注意を払わなかった。そしてようやくそちらにちらりと目を向けたときも、そこには感心した様子はまったく見受けられなかった。

「あの背中曲がりは、どこか具合でも悪いのか?」と彼は親指をぐいと荒っぽく曲げて尋ねた。

誰も答えなかった。そしてカズン・ライモンは自分の特技が何の役にも立たなかったことを見て取り、そこに説得のための新たな努力を付け加えた。彼は睫《まつげ》をぱたぱたと打ち振り、眼窩の中に青白い蛾が閉じ込められているかのように見えた。そしてまわりの地面を足でごしごしとこすり、両手を身体のまわりでひらひらさせ、ついには速歩のダンスに近いことまで始めた。冬の夕暮れの最後の陰気な光の中で、彼は沼地おばけの子供のように見えた。

マーヴィン・メイシーはそこにいた人々の中で、その姿に感じ入らなかったただ一人の人間だった。

「あのちび野郎は引きつけでも起こしてるのか?」と彼は尋ねたが、誰も答えなかったので、彼は歩いて行って、カズン・ライモンの横っ面を張った。せむしはよろめき、それから地面に仰向けに倒れた。倒れたところで身を起こして座り、なおもマーヴィン・メイシーを見上げていた。そして最後の力を振り絞り、なんとかもう一度両耳の小さな羽ばたきをおこなった。

さて、人々はミス・アミーリアに目をやった。彼女がそこでどのような行動に出るかを見ようと。それまで人々はカズン・ライモンの髪の毛一本にさえ手出ししなかった。多くの人はそうしたくてたまらなかったのだが。もし誰かがせむしに向かって不快な口をきこうものなら、ミス・アミーリアはその不届き者のつけを即刻打ち切り、またそのあと長きにわたってあれこれ厳しい目に遭わせる方法を見つけたことだろう。だから今、もしミス・アミーリアが裏のポーチの斧を手に取って、マーヴィン・メイシーの頭を叩き割ったとしても、誰もさして驚きはしなかっただろう。しかし彼女はそんなことはしなかった。

ミス・アミーリアが一種のトランス状態に陥ることがときたまあった。そしてそのようなトランス状態の原因は通常明らかであり、また理解もされた。というのはミス・アミーリアは優れた医者だったし、沼地の木の根を擂ったりしたものを、あるいはまだ試したことのない成分を、じかに患者に与えるようなことはしなかった。新しい薬物を開発すると、彼女はいつもまず自分でそれを試してみた。彼女はずいぶん大量の薬品を服用し、翌日いちにちカフェと煉瓦造りの屋外便所との間とを考え深げに行き来して過ごしたりしたものだった。しばしば、突然のきつい差し込みがあったときには、彼女はそこに立ちすくみ、その奇妙な目で地面を睨みつけ、拳を握りしめながら、どの器官に効果が及んでいるか、そしてその新薬がどのような病を治癒できそうかを見定めようと努めた。そして今、せむしとマーヴィン・メイシーを同時に見つめながら、彼女はそのような折りと同じ表情を顔に浮かべていた。意識を集中し、何らかの内なる苦痛を算定しているのだ。とはいえ彼女はその日どんな新薬も試用してはいなかったのだが。

「これに懲りるんだな、背中曲がり」とマーヴィン・メイシーは言った。

ヘンリー・メイシーは弱々しい白髪を額から後ろに押しやり、神経質そうに咳をした。スタンピー・マクフェイルとマーリー・ライアンは足をもぞもぞと動かしていた。敷地の外側に集まった子供たちと黒人たちは、こそりとも物音を立てなかった。マーヴィン・メイシーは研いでいたナイフを折り畳み、恐れを知らぬ目でまわりをじろりと睥睨してから、足音も高く庭を出て行った。ピットの中の残り火は灰色のふわふわした灰と化し、今ではすっかり真っ暗になっていた。

それが刑務所から戻ってきたマーヴィン・メイシーの姿だった。彼を目にして喜ばしく思うものなど、町には一人もいなかった。愛情をもって彼を大事に育て上げた、善良な女性であるミセス・メアリ・ヘイルさえもだ。彼の姿を一目見るや、この年老いた里親は手にしていたフライパンをはたと取り落とし、涙にくれた。しかしマーヴィン・メイシーは何ひとつ気にかけなかった。彼はヘイル家の裏口の階段に腰掛け、のんびりギターをつま弾き、そして夕食の支度ができると家の子供たちを押しのけ、自分のために料理をごっそりと取った。みんなにやっと行き渡るだけの玉蜀黍パンと白身肉しか用意してないというのに。食事を終えると彼は、表側の部屋のいちばん居心地良く温かなところを寝場所にして、夢ひとつ見ずに眠った。

ミス・アミーリアはその夜、カフェを開かなかった。ドアとすべての窓に怠りなく鍵をかけ、彼女もカズン・ライモンもまったく姿を見せなかった。ランプは一晩中、彼女の部屋の中で燃え続けていた。

予期されたことではあるが、マーヴィン・メイシーはそもそもの最初から不運を町に持ち込んできた。翌日天候はがらりと一変し、暑さが戻ってきた。早朝でさえ空気は蒸し暑くべとついた。風が沼地の腐った匂いを運んできて、甲高い羽音を立てる華奢な蚊たちが、緑色の水車池の水面を蜘蛛の巣のように覆った。まったく季節外れで、暑さは八月よりもまだひどく、それは多くの被害をもたらした。というのは、この郡で豚を飼っているほとんどすべての農家が、ミス・アミーリアに倣ってその前日に屠畜をおこなっていたからだ。でもこのような暑気の中で、ソーセージがいつまでもつだろう？　それから数日のあいだ、ゆっくり腐りつつある肉の匂いが至るところで嗅ぎ取れた。ものが駄目になっていくときの、救いのない空気があたりに漂っていた。更に悪いことに、フォークス・フォールズ・ハイウェイの近くで親族の寄り集まりがあり、そこでポーク・ローストを食べた全員が死んだ。その豚が病気に感染していたことに間違いはなかったが、それ以外の豚肉が安全かどうかなんて誰にわかるだろう？　人々はうまい豚肉が食べたい気持ちと、死ぬのは嫌だという気持ちの間で行き惑った。それは廃棄と混乱の時期だった。

それらすべての原因であるマーヴィン・メイシーは恥などまるで感じていなかった。彼の姿は方々で見受けられた。人々が働いている時間、彼は紡績工場の周辺をうろついて窓の中を覗き込んでいた。日曜日には赤いシャツを着て、ギターを手に通りを堂々と行き来していた。彼は相変わらずハンサムだった——茶色の髪、赤い唇、幅広い肩。しかしその本性が邪悪なことは知れ渡っていたから、見かけの良さも役には立たない。そしてその邪悪さは、彼がこれまで実際に犯した罪科のみで測られるものではなかった。彼が三軒のガソリン・スタンドを襲ったのは真実だ。またその前に彼はこの地方の心優しいしとやかな娘たちを零落させ、そのことを笑い飛ばしていた。邪《よこしま》なことがあれば、何であれそれはこの男に結びついた。しかしそのような犯罪行為とはまた別に、彼には隠された下劣さがあり、それはほとんど匂いとなって彼の身体に染みついていた。そしてもうひとつ——彼は決して汗をかかなかった。八月でさえ。それは間違いなく一考に値するひとつの徴《しるし》だ（悪魔は汗をかかないとされている）。

　さて町の人々には、彼が以前にも増して厄介な人間になっているように思えた。きっとアトランタの刑務所で魔法をかける方法を教わってきたに違いない。彼がカズン・ライモンに及ぼした効果を、それ以外にどう説明すればいいだろう？　マーヴィン・メイシーを最初に目にして以来、せむしは異様な霊に取り憑かれてしまったかのようで、暇さえあればとにかくその元囚人のあとをつけ回していた。そしてその頭は、彼の注意を自分に引きつけるための愚かしい計画でいっぱいだった。マーヴィン・メイシーは彼を相変わらず憎々しげに扱うか、あるいはまったく目にもとめなかった。時折せむしはあきらめて、まるで電線にうずくまる病んだ鳥のように、玄関ポーチの手すりに腰掛けていた。彼はその悲しみを人目から隠そうともしなかった。

「でもどうして?」とミス・アミーリアは尋ねたものだった。その内斜視の灰色の目で彼をじっと見ながら。そして彼女の拳はぎゅっと握りしめられていた。

「ああ、マーヴィン・メイシー」とせむしは呻くように言った。その名前を口にするだけで心が乱れて、すすり泣きのリズムが狂い、しゃっくりになった。「彼はアトランタにいたんだぜ」

ミス・アミーリアは首を振り、その顔は暗く硬くなった。まず第一に彼女は旅をすることが大嫌いだった。アトランタまで出かけたり、海を見たいが為に五十マイルも旅をするような人間――そういう落ち着きのない人間を彼女は嫌った。「アトランタに行ったことは自慢にもならない」

「彼は刑務所に入っていたんだぜ」とせむしは言った。憧れのためにげっそりと落ち込んで。

そのような羨望にどうやって対抗すればいいのか。困惑の中で、ミス・アミーリアは自分が口にすることに自分でも確信が持てないようだった。「刑務所に行ったからだって、カズン・ライモン？　ねえ、そんな旅をしたって何の自慢にもならないよ」

その何週間かのあいだ、ミス・アミーリアは衆人注視の的になっていた。彼女はまるでいつもの差し込みに襲われてトランス状態にあるかのように、ただぼんやりと行動していた。マーヴィン・メイシーが現れてからというもの、どういうわけかはわからないが彼女はオーバーオールを着るのをやめ、いつも赤いドレスを身に纏うようになった。それ以前には日曜日か、お葬式か、裁判の場でしか着ることのなかったものだ。それから数週間が過ぎ、彼女は事態を打開するための手を打ち始めた。しかし彼女の努力はなかなか理解困難なものだった。カズン・ライモンがマーヴィン・メイシーを町中追い回すことで気持ちが傷つくのなら、きっぱりけりをつければいいだけのことだ。これ以上マーヴィン・メイシーに関わるようなら、この家屋には立ち入り禁止にするよ——せむしにそう言い渡せばいい。いとも簡単なことだし、カズン・ライモンは彼女に従わざるを得ないだろう。さもなければまた一人ぼっちで世間の荒波に揉まれることになるのだから。しかしミス・アミーリアは意思の力を失ってしまったみたいだった。生まれて初めて彼女は、自分がどの道をとればいいのか決めかねていた。そしてそんな不確かな状況に置かれた多くの例に漏れず、最悪の選択をおこなった——いくつかの道を同時に歩み始めたのだ。そしてそれらすべてが互いに相容れなかった。

カフェは毎晩、これまで通りに開けられた。そしてまことに不思議なことに、マーヴィン・メイシーがせむしを足元に従えて堂々と店の入り口から入ってきても、彼女は追い返そうとはしなかった。それどころか彼に無料の飲み物を提供し、荒っぽく屈折した風にではあるが、微笑みかけまでした。その一方で彼女は彼に対して、沼地に恐ろしい罠を仕掛けた。それにかかったら間違いなく死に至るであろうものだ。また彼女はカズン・ライモンに、彼を日曜日の夕食に招待させた。そして階段を降りるときに彼の足を躓かせようとした。カズン・ライモンのために彼女はお楽しみの大キャンペーンを開始した——遠方の地で催される様々な見世物を見るために疲労困憊する旅に出て、三十マイル離れたショトーカ（成人教育のための集会）会場まで車を運転し、パレード見物にフォークス・フォールズまで彼を連れて行った。だいたいにおいて、それはミス・アミーリアにとってはまったく意味をなさない時間だった。彼女は愚かしい益のない努力を続けていると大抵の人々は思った。そしてそれがどのような結果を生むものか見届けようと、みんなで待ち受けていた。

　寒い季節に逆戻りし、町に冬が訪れた。紡績工場のシフトが終わる頃にはもう日はとっぷり暮れていた。子供たちは服をそっくり身に纏ったまま眠るようになり、女たちは火の前でスカートの後ろを掲げて、うっとり夢見心地で身を暖めた。雨が降ったあと、地面の泥は凍りついて固い轍《わだち》を作った。家々の窓の内に見えるランプの灯はちかちかする微かな瞬きとなり、桃の木は丸裸に痩せこけていた。しんとした真っ暗な冬の夜、カフェは町の暖かな中心点となった。その明かりは眩しく輝き、四分の一マイル先からでも目にすることができた。店の奥に据えられた大きな鉄製のストーブはぱちぱちと音を立てて、真っ赤に勢いよく燃えさかっていた。ミス・アミーリアは窓に赤いカーテンをつけ、町を通りかかった一人のセールスマンから、本物そっくりに見える紙製の薔薇の大きな花束を買い込んだ。

しかし店をこの店たらしめているのは、暖かさや室内装飾や、明るさだけではなかった。この店が町にとってかくも貴重な存在であることには、もっと深い理由があった。そのより深い理由はある種の誇りと関係を持っていたが、それは今までまだこの地域では知られていなかったものだった。この新たな誇りを理解するためには、人間の生命の安価さを心に留めておく必要がある。紡績工場の周りには常に人々が集まっていた――とはいえすべての家庭が、全員に行き渡るだけの十分な食料や衣服や豚の背脂《せあぶら》を手にすることは稀だった。人生は、生命を維持するのに必要なものを手に入れることだけに汲々とする、長く薄暗いあがきになってしまいかねない。そしてそこには混乱を招くポイントがある。それは、有用なものにはすべて値札がついており、お金でしか買うことができないということだ。それがこの世界のあり方なのだ。どうしてかといちいち考えるまでもなく、綿が一梱《こり》いくらか、糖蜜が一クォートいくらか、その値段はわかる。しかし人の生命に値段がつけられたことはない。それは無料で我々に与えられ、支払いなしで受け取られる。その値打ちはどれぐらいだろう？　まわりを見渡してみれば、ときにはその値打ちはゼロに近いものか、あるいはまったくのゼロに見えたりもする。汗水流して努力したあと、事態がちっとも好転していないようなとき、人は魂の深い場所でしばしば無力感を抱くことになる。自分には値打ちなんてろくすっぽないんじゃないか、と。

しかしこのカフェが町にもたらした新しい誇りは、ほとんどの人々に、子供にさえ影響を及ぼした。このカフェに来るにあたって、客は食事を注文する必要もなく、酒を注文する必要もなかった。五セント払えば瓶詰めの冷たい飲料を飲むことができた。そしてもしそれだけの持ち合わせがなかったとしても、ミス・アミーリアはチェリー・ジュースと称するものをグラス一杯、一セントで提供してくれた。それはピンク色で、とても甘かった。T・M・ウィリン牧師を別にすれば、ほとんどすべての町民が、少なくとも週に一度はカフェにやってきた。子供たちは自分の家ではない家で眠り、近所の家の食卓で食事をすることが好きだ。そういう状況では彼らは礼儀正しくおとなしく振る舞うし、誇らしげでもある。町の人々もそれと同じように、カフェのテーブルの前では誇り高く振る舞った。人々はミス・アミーリアの店に来る前にはちゃんと手を洗い、カフェの入り口では靴の泥をきれいにこすり落とした。そこでは、たとえ二時間やそこらのことであったとしても、自分には値打ちなんてろくすっぽないんじゃないかという深く苦い認識は影を潜めた。

カフェは独身者や、幸運に恵まれない人々や、肺病患者にとっての福音だった。カズン・ライモンもまた肺病患者ではなかったかという疑念を、ここで述べてもおそらくかまわないだろう。彼の灰色の目の輝き、そのしつこさ、お喋りなところ、そして咳——それらはすべて徴候だ。そしてまた、背骨の湾曲と肺病との間には何らかの関連性があると一般的に言われている。しかしこの話題が持ち出されるたびに、ミス・アミーリアは激怒し、それらの症状をむきになって強く否定した。それでも陰ではカズン・ライモンに様々な手当を施していた。温かい胸当てをあてたり、「クループ・キュア」を飲ませたり。そしてその冬せむしの咳はひどくなっていた。ときどき寒い日にさえ大量の汗をかいた。しかしそれも、彼がマーヴィン・メイシーのあとをつけ回すことを妨げはしなかった。

毎朝早い時刻に彼は店を出て、ミセス・ヘイルの家の裏口に行った。そしてじっと待ちに待った。というのはマーヴィン・メイシーは朝寝坊だったから。彼はそこに立って、柔らかな声でそっと呼びかけた。その声はまるで、アリジゴクが住んでいると思われる地面の小さな穴の上に辛抱強く身をかがめ、その穴を箒の藁でつつきながら、もの悲しく呼びかけている子供の声に似ていた。「アリジゴク、アリジゴク、おうちに飛んでお帰り。アリジゴクの母さん、アリジゴクの母さん、出ておいで、出ておいで。おうちが火事になって、子供たちがみんな焼け死んでいるよ」と。そんな声で——悲しくもあり誘惑的でもあり、あきらめも混じった声で——せむしは毎朝マーヴィン・メイシーの名前を呼ぶのだった。そしてマーヴィン・メイシーが外に出て一日の活動に乗り出すと、そのあとを町中ついてまわった。そしてときには何時間も二人は沼地に姿を消した。

そしてミス・アミーリアは思いつく限りの悪手を打ち続けた。つまりいくつかの異なった路線を同時に追求しようとしたのだ。カズン・ライモンが家を出て行くとき、彼女は彼を呼び戻したりはしなかった。ただ道の真ん中に立って、彼が去って行く姿を淋しげに見送っていた。ほとんど毎日、マーヴィン・メイシーは夕食時にカズン・ライモンを伴って店に現れ、彼女と同じテーブルで食事を取った。ミス・アミーリアは梨の瓶詰めを開け、テーブルに立派なハムかチキン、大きな鉢いっぱいの挽き割り玉蜀黍のグリッツ、そして冬豆の料理などを並べた。あるときミス・アミーリアがマーヴィン・メイシーに毒を盛ろうとしたことも真実だ。しかし手違いがあって皿が入り乱れ、結局彼女自身がその毒入りの料理を食べることになった。でも食べ物の微かな苦みにすぐに気づき、その日彼女は夕食を取らなかった。椅

子に深くもたれ、筋肉をさすりながらマーヴィン・メイシーをじっと見ていた。

マーヴィン・メイシーは毎晩のようにカフェにやってきて、店の中央のいちばん広々とした上席に座った。カズン・ライモンはそこに酒を運んできたが、彼はその代金を一銭も払わなかった。マーヴィン・メイシーはせむしを、まるで沼地の蚊を追い払うように手で邪険に払いのけた。そして好意に感謝するどころか、せむしが何か彼の邪魔をしようものなら、手の甲で引っぱたいた。あるいはこう言った、「邪魔だ。どけ、背中曲がり。さもなきゃその髪をそっくり引っこ抜いてやるぞ」と。このことが起こったとき、ミス・アミーリアはカウンターの後ろから出てきて拳を握りしめ、マーヴィン・メイシーの方にひどくゆっくり近づいていった。彼女のおなじみの赤いドレスが、その骨張った膝のまわりにぎこちなく垂れていた。マーヴィン・メイシーも拳を握りしめ、二人はお互いの周囲をそろそろと、探りを入れるように回った。しかし、人々は固唾を呑んで見守っていたのだが、結局何ごとも起こらなかった。対決の時にはまだ至っていなかったのだ。

この年の冬が人々に記憶され、語り草になっているのにはひとつ特別な理由がある。ある大きな出来事が起こったのだ。人々は一月二日に目を覚まし、まわりの世界がそっくり変わってしまったことを発見した。何も知らない小さな子供たちは窓の外を眺め、戸惑いのあまり泣き出してしまった。年老いた人々は過去に思いを馳せ、このあたりでこれに匹敵するような現象はついぞ起こったことがないと思った。夜の間に雪が降ったのだ。真夜中過ぎの暗い時刻に、仄かな雪片が町にそっと舞い降り始めた。そして夜明けまでには地面は雪に覆われ、教会のルビー色の窓には見慣れぬ雪が積み上がり、家々の屋根を白く塗り替えていた。雪は町にうらぶれた、荒廃した雰囲気を与えていた。紡績工場近くの二間の家屋は汚く歪み、今にも崩れ落ちそうに見えた。そしてすべてのものがどことなく暗く縮んでいた。しかし雪そのものには、この地方の人々の大半がまだ知ることのなかった美しさがあった。雪は北部の人々が思い描くように真っ白ではなかった。雪には銀と青の柔らかな色あいがあり、空は穏やかに輝く灰色だった。そして降る雪には夢見

るような静けさが込められていた。町がこれほどしんとしていたことがこれまであっただろうか？

人々は降る雪に対して様々な反応を示した。ミス・アミーリアは窓の外を眺め、考え深げに裸足の指をむずむずさせ、ナイトガウンの襟を首にぎゅっとあわせた。彼女はしばらくそこに立っていたが、やがて鎧戸を下ろし、店のすべての窓に鍵を掛け始めた。そうしてすべてしっかり戸締まりし、ランプの灯をともし、重々しい顔つきでグリッツの鉢を前にして座った。ミス・アミーリアは雪を怖がってそのような行動をとったわけではない。ただ、その新しい出来事に対してすぐに見解をまとめられなかっただけだ。そしてあるものごとに対して彼女が正確で明確な考えを形成できなかったとき（ほとんど常にできたのだが）、彼女はその出来事を無視することを好んだ。彼女のこれまでの人生において、この土地に雪が降ったことは一度もな

かったし、雪について考えを巡らせたこともなかった。しかし今、こうして雪が降っていることを認めたなら、それについて何かしらの決断を下さざるを得なくなる。そしてここのところ、彼女の心を乱す出来事はただでさえいっぱいあった。だから彼女はランプの灯に照らされた薄暗い家の中をうろうろと歩き回り、特別なことは何ひとつ起こっていないというふりをしていた。それとは逆に、カズン・ライモンはとんでもなく興奮してあちこち走り回っていたが、ミス・アミーリアが背を向けて彼のために朝食の用意をしているうちに、戸口からこっそり出ていった。

マーヴィン・メイシーは、雪が降ったのは自分のおかげだという顔をしていた。雪のことならわかっている、アトランタにいるときに雪は見たからな、と彼は言った。そしてその日、彼が町を歩き回る姿を見ていると、彼はまるで雪のひとひら、ひとつひとつを所有しているかのようだった。小さい子供たちが恐る恐る家の外に出てきて、手に雪をすくって味見するのを馬鹿にしたように笑って見ていた。ウィリン牧師はひきつった顔つきで足早に通りを歩いていた。日曜日の説教に雪のことをなんとか織り込もうと、深く考えに耽っていたのだ。大方の人々はこの驚異を前に畏れ入り、また喜んでいた。彼らは声を小さくひそめて話をし、「ありがとう」とか「お願いします」という言葉を必要以上にしばしば口にした。何人かの気が弱い人々はもちろんうろたえて酒に酔ったりしたが、さほどの数ではない。全員にとってそれは特別な出来事であり、多くは持ち金を勘定し、今夜はカフェに行かなくてはと思った。

　カズン・ライモンは一日中マーヴィン・メイシーのあとを、雪に対する彼の主張を支持しつつ、せっせとつけ回した。彼は雪が雨のようには降らないことに感嘆し、夢見るように優

しく舞い降りてくる雪片をじっと見上げ、最後には頭がくらくらして地面に倒れた。そして彼はそのプライドを我が物とし、マーヴィン・メイシーの栄光にぬくぬくと浸った。多くの人々は彼に向かって、大声でこう呼びかけないわけにはいかなかった——「おお、おれたちは何と大いなる土埃を巻き上げていることか」と馬車の車輪の上の蝿は言いました、と（うぬぼれ屋が偉そうに思い違いをしていること。虎の威を借る狐）。

ミス・アミーリアには夕食の用意をするつもりはなかった。しかし六時になるとポーチに足音が聞こえたので、用心深く玄関のドアを開けた。それはヘンリー・フォード・クリンプだった。食べ物はなかったけれど、彼をテーブルに座らせて飲み物を出した。他の人々もやってきた。その宵は青みを帯びて冷え込んだ。雪はもう降りやんでいたが、松林から吹いてくる風が細かい雪の粉を地面から巻き上げていた。カズン・ライモンはあたりがすっかり暗くなってから、マーヴィン・メイシーと共に姿を見せた。マーヴィン・メイシーは金属製のスーツケースとギターを手にしていた。

「で、あんたは旅行に出るつもりなのね」とミス・アミーリアは即座に言った。

マーヴィン・メイシーはストーブの前で身体を温めていた。それから自分の席について、小さな木片を注意深く削った。彼はそれで歯をほじり、しばしば口から出して先っぽを眺め、服の袖で拭った。返事は返ってこなかった。

せむしはカウンターの奥にいるミス・アミーリアを見ていた。その表情に懇願の色は窺えなかった。彼は自分に確信を持っているみたいだった。背中で両手を組み、自信たっぷりに両耳をぴんと立てていた。頬は赤く、目は明るく輝き、服はぐしょ濡れだった。「マーヴィン・メイシーはしばらくのあいだ、一緒にここに住むことになった」と彼は言った。

ミス・アミーリアは抗議の声を上げなかった。ただカウンターから出てきて、ストーブの上に身を乗り出しただけだ。まるでその知らせが彼女を突然冷え込ませたみたいに。彼女はお尻の部分を温めるにあたってお上品さとは無縁だった。普通の女性がそうするように、スカートの裾をほんの一インチだけ持ち上げるような真似はしなかった。ミス・アミーリアはお上品さなどひとかけらも持ち合わせていない。部屋に男性が居合わせることなど、しばしば念頭から消えてしまうみたいだ。今も彼女はそこに立ち、赤いドレスの後ろの部分をかなり上の方まで持ち上げて身体を温めていたので、そのたくましい毛の生えた腿が誰の目にも――見る気があればだが――見えた。彼女の顔は片側に向けられていた。そして自分に向かって語り始めた。肯き、額に皺を寄せながら。言葉は明瞭ではなかったが、声には非難と叱責の響きが込められていた。それにはかまわず、せむしとマーヴィン・メイシーは二階に上がっていった。パンパスグラスと二台のミシンの置かれた居間と、ミス・アミーリアが生まれてからずっと生活を送ってきた私室のある二階に。彼らがどすどすと歩き回る足音が、下のカフェにまで聞こえた。マーヴィン・メイシーが荷物をほどき、そこに腰を据えようとしているのだ。

このようにしてマーヴィン・メイシーはミス・アミーリアの家庭に押し入ってきた。最初のうち、カズン・ライモンは自分の寝室を彼に提供し、自分は居間のソファで寝ていた。しかし雪が彼の身体に悪い影響を及ぼしていた。風邪をひいて、それが扁桃腺炎になってしまった。だからミス・アミーリアは寝室を彼に明け渡さなくてはならなかった。しかし居間のソファは彼女には小さすぎ、足が端っこからはみ出た。床に転げ落ちることもしばしばあった。彼女の判断力に陰りが見えてきたのも、そのような睡眠不足のせいだったかもしれない。彼女がマーヴィン・メイシーに対して画策することは、すべて自身に跳ね返ってきた。彼女は自分の企んだことに自ら搦め捕られ、多くの惨めな立場に追い込まれる羽目になった。し

かしそれでもマーヴィン・メイシーを自宅から追い出そうとはしなかった。自分が一人であとに取り残されることに怯えていたからだ。一度誰かと生活を共にするのに馴れてしまうと、一人で生きていかなくてはならないことは大いなる責め苦となる。時計が突然時を刻むのをやめたときの、明かりに照らされた部屋の沈黙、空っぽの家の不安定な影——一人で暮らすことの恐ろしさに向き合うくらいなら、宿敵を間近に置いた方がまだましだ。

　雪は降り続かなかった。二日後には太陽が顔を出し、町はまた本来の姿に戻った。すべての雪片が残らず溶けてしまうまで、ミス・アミーリアは店を開けなかった。広い家の大掃除

をし、すべてを外に持ち出して虫干しをした。しかしその前に、彼女が再び庭に出て行ってまず最初にやったのは、栴檀《せんだん》の木のいちばん太い枝にロープを結ぶことだった。そしてそのロープに砂をぎっしり詰めた亜麻袋を吊した。それは彼女が自分用にこしらえたサンドバッグであり、その日から毎朝庭に出てボクシングの練習に励んだ。彼女はそれ以前から既に優れた格闘家だった。足の動きは少し重かったが、それを補うだけの手強いホールドや締め付けの技術をそっくり身につけていた。

　ミス・アミーリアの身長は、前にも述べたように六フィート二インチ（一八八センチ）あった。マーヴィン・メイシーはそれより一インチ背が低かった。体重はだいたい同じようなもの――どちらも一六〇ポンド（七二キロ）近くというところだ。マーヴィン・メイシーには狡猾な動きと、たくましい胸という強みがあった。正直言って外見だけを見れば、マーヴィン・メイシーの方にずっと勝ち目があると思えただろう。しかし町民のほぼ全員がミス・アミーリアが勝つ方に賭けた。マーヴィン・メイシーに賭ける人はほぼ一人もいなかった。ミス・アミーリアと、彼女を騙そうとしたフォークス・フォールズの弁護士との間でおこなわれた激しい格闘のことを、町民はありありと記憶していた。弁護士はかなりの巨漢だったが、決着のついたときには半死半生に叩きのめされていた。そしてみんなを印象づけたのは、ボクサーとしての彼女の才能だけではなかった。彼女が恐ろしい顔をして、凶暴な音を発することで相手をすっかり威圧してしまったことだった。それは時として、見物人をさえ縮み上がらせてしまうほどの迫力だった。彼女は勇敢だったし、サンドバッグで必死に練習していたし、今回に限って言えば間違いなく正しき側に立っていた。だから人々は彼女が勝つに違いないと確信し、対決の日を心待ちにしていた。もちろんその日が前もって定められていたわけではない。ただその徴《しるし》があるだけだったが、それはまず見逃しようもないほど明白なものだった。

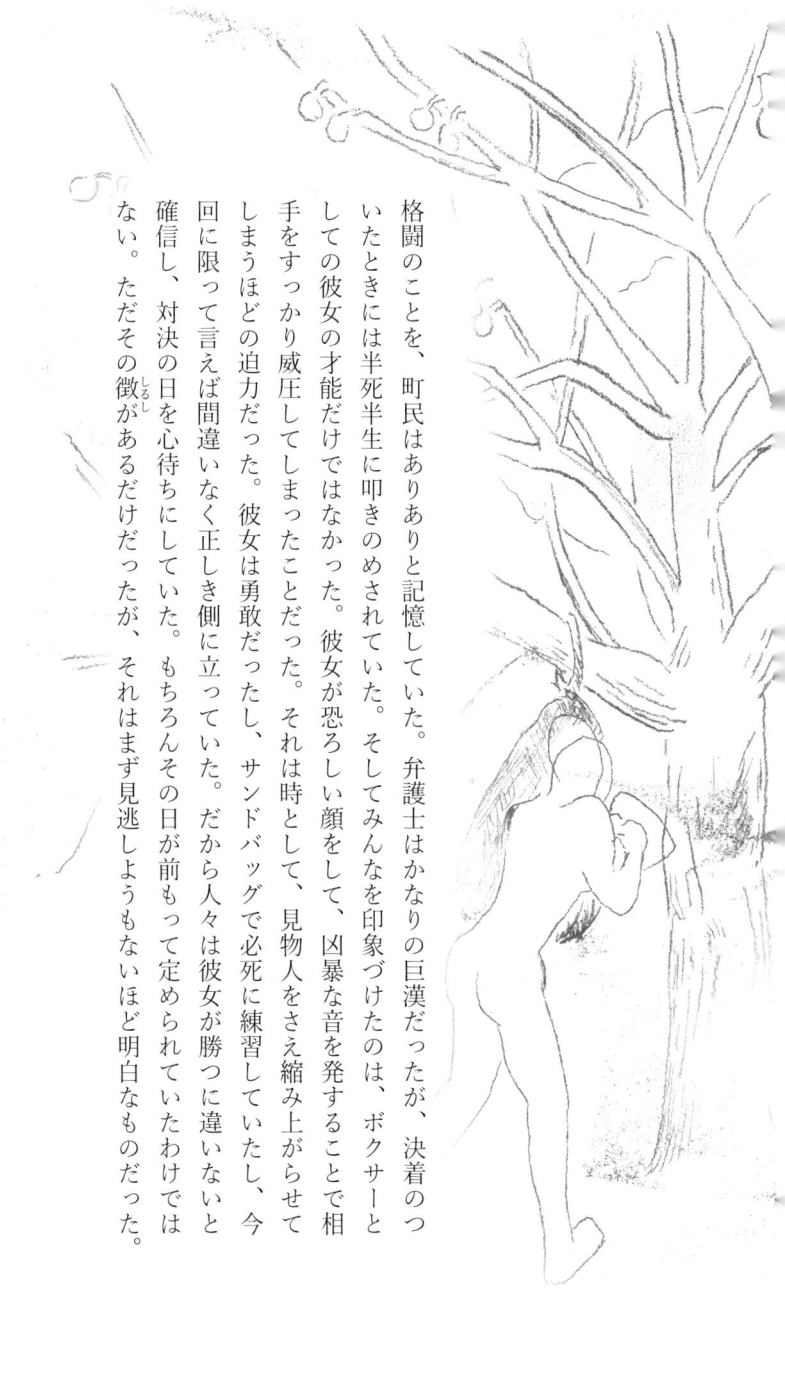

そのような時期、せむしはずっとやつれた顔で気取って歩き回っていた。デリケートで賢い多くのやり方で、彼は二人の間に面倒を引き起こしていった。彼はマーヴィン・メイシーの注意を引くために、しょっちゅう彼のズボンの裾を引っ張った。ときどきミス・アミーリアのあとを追って歩いていったが、今ではそれは、彼女の長い脚の不器用な歩き方を真似するために過ぎなかった。内斜視の目を真似して、彼女の仕草をそっくりなぞった。おかげで彼女はどこかの出来損ないのように見えた。その行為には何かしら人をぞっとさせるものがあった。だからマーリー・ライアンのような、そのカフェに来る最も愚かしい男でさえ、それを見て笑うことはなかった。マーヴィン・メイシーだけが口の左端を持ち上げて、くすくすと笑った。このようなことがおこなわれているとき、ミス・アミーリアの感情は二つに引き裂かれたものだ。途方に暮れたようなむっつりとした叱責の顔でせむしを見やり、それから歯をぎゅっと嚙みしめてマーヴィン・メイシーの方を向くのだった。

「よくもまあ！」と彼女は苦々しげに言ったものだ。

そして大方の場合、マーヴィン・メイシーは椅子の脇の床に置いていたギターを手に取った。彼の声は濡れて、べたついていた。まるで口の中にいつも唾液が溜まりすぎているみたいに。そして彼の歌う唄は、その喉の奥からぬるりと出てくるウナギのようだった。力強い指は優美な技巧をもって弦を弾き、彼が歌うすべてのものは人をおびき寄せ、同時に苛立たせた。それはミス・アミーリアにとってはまさに耐えがたいものだった。

「よくもまあ！」と彼女は繰り返したものだ。今回は怒鳴り声で。

しかしいつだってマーヴィン・メイシーは、彼女に対する見事な返答を用意していた。彼は指で弦を押さえて、震えている唄の残響を黙らせ、どこまでも横柄な声でゆっくりと言い返した。

「おれに向けて怒鳴ったことはみんなそっくり我が身に跳ね返っていくんだぜ。ああ、そうとも」

ミス・アミーリアはなす術もなくその場に立ちすくまざるを得なかった。そのような罠から逃れる術を誰もまだ見つけ出してはいなかった。自分の身に跳ね返ってこないような悪罵を、彼女は怒鳴りつけることができなかった。彼は彼女の上手をとっていたし、それに対してできることは何もなかった。

物事はそのように進んでいった。夜に二階の部屋でどんなことがおこなわれていたか、それは誰にもわからない。しかしカフェは日々ますます混み合っていった。新しいテーブルをひとつ追加しなくてはならなかった。レイナー・スミスという名の、頭のおかしい隠者がいて、彼は何年も前から沼地に住みついていたのだが、この男までが噂を聞きつけてある夜やってきて、窓から店内を覗き込み、明々と照らされた人々の集まりについてあれこれ考え込んでいた。毎夜のクライマックスは、ミス・アミーリアとマーヴィン・メイシーが拳を握りしめて顔と顔を突き合わせ、ぎらついた目で互いを睨みつける瞬間だった。通常これは、何か特別な言い争いのあとで起こるというわけではなかった。そういった事態は謎めいたやり方で、二人のそれぞれに具わった何かしらの本能の働きによってもたらされるようだった。そんなときには店内はしいんと静まりかえり、薔薇の造花がすきま風にこすれる音まで聞こえるほどだった。そして二人が拳を向けて睨み合う時間は、夜ごとに少しずつ長くなっていった。

　格闘が実際に持ち上がったのはグラウンド・ホッグ・デイ（聖燭節）、二月二日、穏やかな天候の日だった。雨も降らず、晴れてもおらず、暖かすぎず、寒すぎもしなかった。これが

「その日」だといういくつかの徴《しるし》があった。そして十時までには知らせは郡全体に広まっていた。朝早くミス・アミーリアは庭に出て、サンドバッグを枝から切り落とした。マーヴィン・メイシーは豚の脂の缶を膝の間に挟んで裏のポーチの階段に座り、両腕と両脚に丁寧にすり込んでいた。胸に血の跡をつけた一羽の鷹が町の上空を飛び、ミス・アミーリアの家の上で二度旋回した。カフェのテーブルはすべて裏のポーチに運び出され、広い部屋全体が果たし合いにそなえて空っぽにされた。とにかくすべての徴がそこに窺えた。ミス・アミーリアもマーヴィン・メイシーも昼食に生焼けのローストを三回お代わりし、それから横になって英気を養いつつ午後を過ごした。マーヴィン・メイシーは二階の大きな部屋で休息をとり、ミス・アミーリアは自分のオフィスのベンチの上で身体をゆっくり伸ばした。白く引きつった顔は、何もせずにただじっと横になっているというのがどれほど彼女にとっていたたまれないことか、明白に示していた。それでも彼女は目を閉じ、胸の上で手を組み、死体のようにそこに静かに身を横たえていた。

　カズン・ライモンは落ち着きのない一日を過ごした。その小さな顔は興奮のために固く引き締まっていた。彼は自分のために弁当を用意し、グラウンド・ホッグ（別名ウッドチャック。マーモット類。この日に穴から出て

CAFÉ

きて自分の影を見れば、更に六週間の冬ごもりに引き返すと言われている）を探しに出かけていったが、一時間も経たずして戻ってきた。弁当は食べられていた。そして言った。グラウンド・ホッグは穴から出てきて、自分の影を見た。だからこれからは悪天候が続くだろうと。それから、ミス・アミーリアとマーヴィン・メイシーはそれぞれ力を蓄えるべく身を休めており、彼は一人で取り残されていたので、玄関ポーチのペンキ塗りでもしようかと思いついた。家はもう長い間ペンキの塗り替えをされていなかった。実のところ、かつてペンキが塗られたことがあるのかどうかも定かではなかった。カズン・ライモンは慌ただしく動き回り、ほどなく玄関ポーチの床の半分を明るく陽気な緑色に塗り替えた。それはまったく雑な仕事で、自分もペンキだらけになってしまった。そしていかにもこの男らしく、床を全部塗り上げることさえせず、途中から壁に取りかかった。手の届く範囲だけ塗り、それから木箱に乗って、それより一フィート高いところまで塗った。ペンキがなくなったとき、ポーチの床の右半分だけが明るい緑色で、壁にはぎざぎざの形のペンキのあとが残っていた。そしてカズン・ライモンはそこで仕事をやめてしまった。彼はその塗装仕事に満足していたが、そこには何かしら子供っぽいところが見受けられた。この点において、述べておかなくてはならないひとつの興味深い事実がある。この町の誰一人として、ミス・アミーリアさえも含めて、このせむしが何歳なのか見当もつかなかったということだ。彼がこの町にやってきたとき、彼は十二歳くらいで、まだ子供だったと主張するものもいた。他のものは、いや、もうとっくに四十歳を過ぎていたと確信をもって言った。彼の目は子供の目のように青く、しっかりしていた。しかしその青い瞳の奥には、年齢を感じさせるラヴェンダー色の縮れた影があった。その背中の曲がった普通ではない体型から年齢を推し量るのは不可能だった。そして歯さえ手がかりを与えてはくれなかった。歯はそっくり口の中に残っていたが（二本だけは、ピーカンを噛み砕こうとしたためにひび割れていた）、甘い菓子をいっぱい口にしてきたせいですっかりその色に染まっており、年寄りの歯か若者の歯か、見分けがつかなくなっていた。直接年齢を尋ねられると、自分でもそいつはまったくわからないのだとせむしは告白した。この地上にどれくらい長く生きてきたか、本人にさえわからないのだ。十年か、それとも百年か！　そんなわけで彼の年齢は謎のままになっていた。

カズン・ライモンは夕方の五時半に塗装を終えた。あたりは冷え込んできて、空気には湿った味がした。松林の方から風が吹いてきて、窓をかたかたといわせ、古新聞を道に沿って吹き飛ばし、それは最後には棘のある木にひっかかった。この一帯、いたるところから人々が集まり始めた。満杯の自動車からは子供たちの頭が、まるで棘のように突き出していた。多くのワゴンは年老いたラバたちに牽かれていた。ラバたちは疲れて不機嫌に微笑みを浮かべているように見え、くたびれた目を半ば閉じてとぼとぼと歩を運んでいた。年若い少年たちが三人、ソサエティー・シティーからやって来た。彼らはみんな黄色いレーヨンのシャツを着て、キャップを後ろ前にかぶり、まるで三つ子のように似ており、闘鶏場や野外集会でいつも目にする連中だった。六時に紡績工場のホイッスルが、昼間のシフトが終了したことを告げ、群衆はすっかり揃った。当然ながら新参者たちの中には箸にも棒にもかからない連中やら、素性の知れない輩やら、そんな者たちも混じってはいたが、それでも人々はもの静かだった。静けさが町を覆い、薄れゆく明かりの中で人々の顔は奇妙に見えた。暗闇が仄かに浮かび漂っていた。少しのあいだ空は淡く澄んだ黄色で、教会の破風がそれを背景に暗くむき出しの輪郭を際立たせていたが、やがて空がゆっくりと息を引き取り、暗黒が夜へと結集していった。

多くの人が七という数字を好むが、それはとりわけミス・アミーリアの好きな数字でもあった。しゃっくりが止まらないときには水を七杯飲み、首の筋を違えたときには水車池を七周走って回り、虫下しには「アミーリア特効薬」を七錠飲むと決まっている――彼女の治療はほとんど常にこの数字に基づいていた。それはいくつもの可能性が混ぜ込まれた数字であり、謎や魔力を信じるものに尊重される。だから格闘は七時に始まることになっており、そのことは全員が承知していた。告知や言葉にされて知られるのではなく、疑問を差し挟む余地のない事実として無言の内に理解されるのだ。雨が理解されるのと同じように、沼地から立ち上る妖気が理解されるのと同じように。だから七時前には、人々はミス・アミーリアの家の周りに重々しい顔つきで集まっていた。目端の利く連中は先に店内に入り、部屋の壁に沿って並んだ。他のものたちは玄関ポーチにひしめくか、あるいは庭に立っていた。

ミス・アミーリアもマーヴィン・メイシーもまだ姿を現してはいなかった。ミス・アミーリアはオフィスのベンチで午後の間たっぷり休息をとったあと、二階に上がっていた。その一方でカズン・ライモンはいつも誰かのすぐ傍らにいた。人混みのあいだを縫うように進み、せわしなく指を鳴らし、ぱちぱちと瞬きをしながら。そして七時一分前になると、彼は身をくねらせるようにしてカフェに入り、カウンターの上にあがった。全員が静まりかえった。

それはある程度、前もって準備されていたことに違いない。というのは七時きっかりにミス・アミーリアが階段のてっぺんに姿を現したからだ。それと同時にマーヴィン・メイシーがカフェの正面に現れた。人々は無言のうちに彼のために道を空けた。二人は急ぐでもなく、互いの方に歩み寄った。彼らの拳は既に握りしめられていた。二人の目はまるで夢を見る人の目のようだった。ミス・アミーリアは赤いドレスから以前のオーバーオールに着替えていた。ズボンの裾は膝のところまで折り上げられていた。裸足で、右の手首には鉄の強化バンドが巻かれていた。マーヴィン・メイシーもまたズボンの裾を膝まで折り上げていた。上半身は裸で、そこにグリースがこってり塗られていた。重い靴を履いていたが、それは刑務所を出るときに支給されたものだ。スタンピー・マクフェイルが群衆の中から前に進み出て、二人の尻ポケットを右手の手のひらでとんとんと叩き、ナイフが隠し持たれていないことを確かめた。それから彼らは二人だけで、明々と照らされたカフェの、家具が取り払われた床の中央に立った。

合図はなかったが、二人は同時に打って出た。どちらのパンチも相手の顎を捉えた。その結果ミス・アミーリアもマーヴィン・メイシーも頭をがくんと後ろにのけぞらせ、双方ともいささかふらついた状態に置かれた。最初の一打のあとの数秒は、二人は様々なポジションを試しながら、むき出しの床の上をただシャッフルして回っていた。そして見せかけのパンチを繰り出した。それから山猫のように、彼らは出し抜けに相手に飛びかかった。叩きつける音があり、激しい息づかいがあり、床をどしどしと踏みつける音があった。二人の動きはとても素速く、何が起こっているのか見て取るのは至難の業だった。しかし一度ミス・アミーリアは後ろに弾き飛ばされ、よろよろとして、もう少しで倒れるところだった。別の時にはマーヴィン・メイシーは肩に一発食らい、身体が独楽《こま》のようにくるりと回転した。そのように果たし合いは荒々しく暴力的に続き、どちらの側も弱った素振りは見せなかった。

こうした争いの間、対戦者どうしがこの二人のようにすばしっこく力強いとき、戦いそのものの混乱ぶりからいったん離れ、観客の観察へと視線を移すのも意味あることかもしれない。人々はできるだけぴったり壁に背中をくっつけていた。スタンピー・マクフェイルは隅で前屈みになり、思い入れたっぷりに拳を握りしめ、奇妙な音声を発していた。気の毒なマーリー・ライアンはぽかんと大きく口を開けていたので、そこに蠅が飛び込んだ。そして何が起こったのか気がつく前に、それをごくんと呑み込んでしまった。そしてカズン・ライモンは――その姿は一見の価値があった。彼はまだカウンターの上に乗っていたので、カフェにいる誰よりも高い位置にいた。彼は両手を腰に当て、大きな頭をぐっと前にやり、膝が外に突き出るような格好で小さな両脚を曲げていた。興奮のために発疹が広がり、その青ざめた口元はぶるぶると震えていた。

格闘の様相が変化を見せるまでに、おそらく半時間はかかった。何百という数のパンチが繰り出されたが、それでもなお膠着状態は続いていた。それから突然マーヴィン・メイシーはミス・アミーリアの左腕をうまく摑み、背中に回して羽交い締めにしようとした。彼女はもがいて、相手の胴回りを摑んだ。そこから本物の勝負が開始された。この地方ではレスリ

ングで喧嘩の決着をつけるのが自然の成り行きだ。というのは、ボクシングは動きが速すぎるし、そこでは思考と作戦が大いに必要とされるからだ。今ではミス・アミーリアとマーヴィン・メイシーは四つに組み合っていた。観衆は呪縛を解かれ、押し合うように前に進み出た。しばらくのあいだ闘う者たちは相手の筋肉を摑み合っていた。二人の腰骨はお互いを激しく押し合っていた。前から後ろへ、横から横へと、二人はそんな格好のまま身体を揺さぶっていた。マーヴィン・メイシーはまだ汗ひとつかいていなかったが、ミス・アミーリアのオーバーオールはぐっしょり濡れて、大量の汗が脚をつたって流れ落ち、足跡となって床に残った。そこで正念場がやってきた。そしてこのような決死の揉み合いにおいて、より力強かったのはミス・アミーリアの方だった。マーヴィン・メイシーの身体はグリースを塗られ

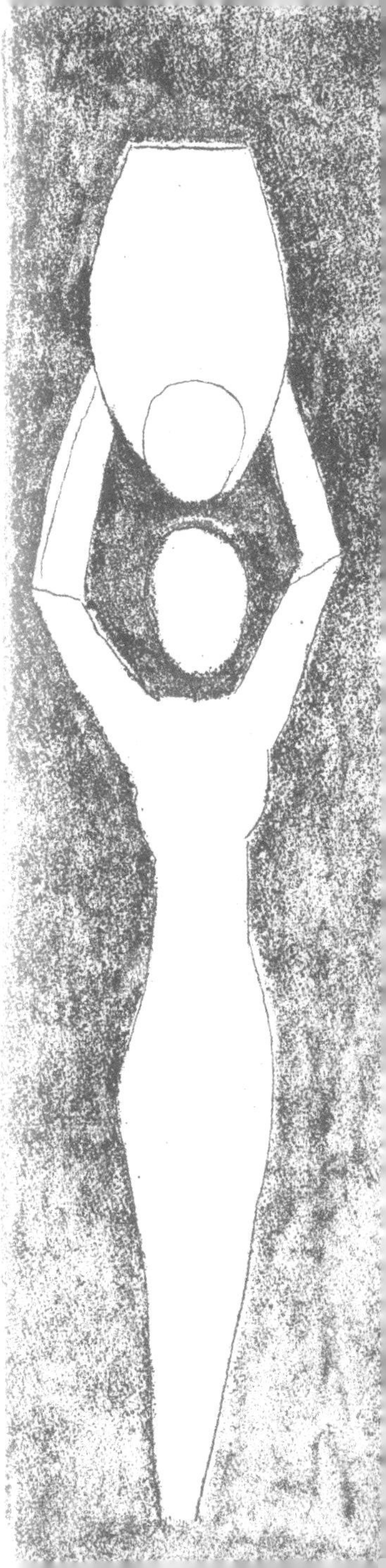

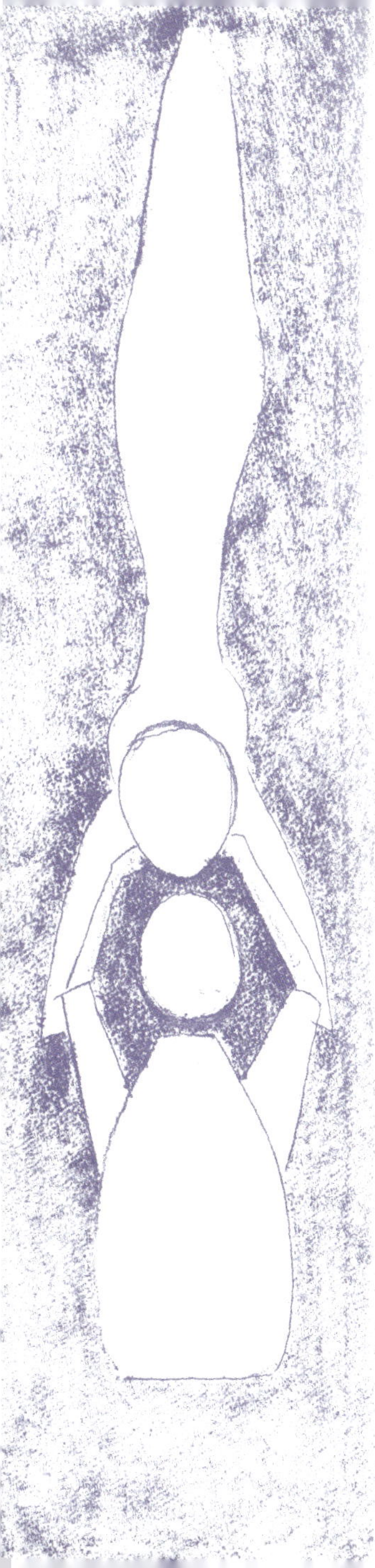

てつるつるして、摑みづらかったけれど、それでも彼女の方が力が強かった。徐々に彼女は相手を後ろ向きにのけぞらせ、じりじり時間をかけて床に押しつけていった。それは実にすさまじい光景だった。二人の深くかすれた息づかいだけが、カフェで聞こえる唯一の音だった。遂に彼女が相手を押さえ込み、馬乗りになった。彼女の力強い大きな両手が相手の喉にかかっていた。

しかしその瞬間、果たし合いの決着がついたと見えたまさにそのとき、叫び声がひとつカフェの中に響き渡り、それは人々の背筋をぞっと凍りつかせた。そこで起こったことは、以来ひとつの謎であり続けている。町中の人々がその一部始終を目撃していたわけだが、中には自分の目がうまく信じられないという人たちもいた。というのは、カズン・ライモンが立っていたカウンターから、二人が揉み合っていたカフェの真ん中までは、どう見ても十二フィートはあったからだ。それでもミス・アミーリアがマーヴィン・メイシーの喉をしっかり摑んだ瞬間、せむしはぴょんと前に跳び上がり、まるで鷹の翼でも生えたかのように空中を横切った。そしてミス・アミーリアの幅広い強力な背中に着地し、小さなかぎ爪のごとき指で彼女の首を摑んだのだ。

そのあとは混乱だった。観衆が我に返ったとき、ミス・アミーリアは既に叩きのめされていた。せむしのおかげでマーヴィン・メイシーが闘いに勝利を収めたのだ。そして最終的に、ミス・アミーリアは床に大の字になってのびていた。両腕は外にだらんと伸ばされ、そのまま動かなかった。マーヴィン・メイシーは彼女の上にすっくと立っていた。その目はいくらか飛び出しているように見えたが、口元には普段の薄笑いが浮かんでいた。そしてせむしは唐突にどこかに姿を消した。自分のしでかしたことに縮み上がったのかもしれない。あるいは得意満面、一人きりで栄光に浸っていたかったのかもしれない――とにかく彼はカフェを抜け出し、裏のポーチの階段の下に潜り込んでいた。誰かがミス・アミーリアに水をかけてやり、しばらくすると彼女はゆっくり立ち上がり、よろよろと自分のオフィスに入っていっ

た。開け放しになった戸口越しに、彼女がデスクの前に座っているのが見えた。顔は曲げた片腕の中に埋められていた。そして最後のざらついた息を振り絞るようにすすり泣いていた。一度右手の拳を握りしめ、オフィスの机の表面を三回どん、どん、どんと叩き付けた。それから手は弱々しく開かれ、手のひらを上に向けてそのままだらんとした。スタンピー・マクフェイルは戸口まで行ってドアを閉めた。

観衆は静まりかえっていた。そして一人また一人とカフェをあとにしていった。ラバはまた目を覚まさせられ、繋がれていた紐を解かれた。自動車はクランクを回され、ソサエティー・シティーから来ていた三人の少年は、徒歩でとぼ

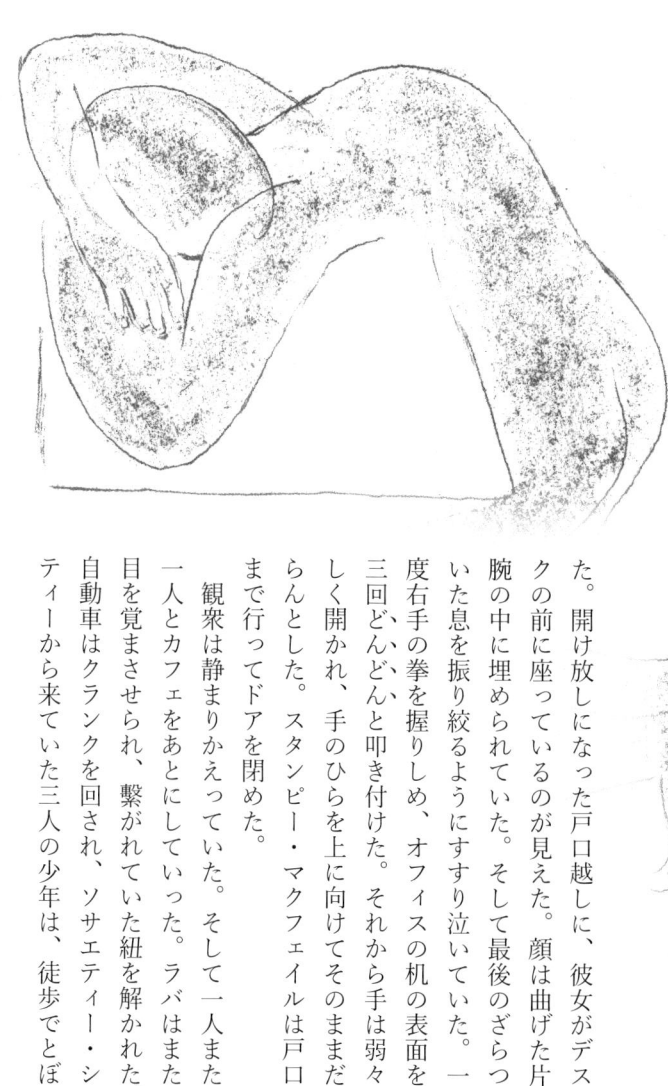

とぼと帰途についた。それはあとになってそのことをあれこれ討論したり、語り合ったりするような果たし合いではなかった。人々は家に帰ると、布団をかぶってそのまま寝てしまった。ミス・アミーリアの家屋を除いて、町は真っ暗になった。しかしミス・アミーリアの家のすべての部屋には、一晩中煌々と明かりが灯っていた。

マーヴィン・メイシーとせむしは、夜明けの一時間くらい前に町を出ていったに違いない。彼らが出て行く前にしでかしたのはかくのごとき行為だった。

二人は骨董品のキャビネットの鍵を外し、中のものをすべて持ち去った。

二人は自動ピアノを壊した。

二人はカフェのテーブルにおぞましい言葉を刃物で刻み込んだ。

二人は裏蓋が開いて滝の絵が現れる時計を見つけ、それも持ち去った。

二人はガロン瓶に入ったサトウモロコシ・シロップを、そっくりキッチンの床にぶちまけた。そして保存食品のジャーをいくつも叩き割った。

二人は沼地に行って蒸留所を徹底的に破壊し、新しい大型の凝縮器と冷却器を駄目にし、小屋そのものに火をつけた。

二人はミス・アミーリアの好物料理を用意した。グリッツとソーセージ。そしてそこに郡のすべての住民を殺せるほどの量の毒を盛り、カウンターの上にいかにもおいしそうに置いていった。
二人は思いつける限りの破壊行為をおこなった。ただオフィスに押し入ることだけは控えた。ミス・アミーリアが一晩中そこにこもっていたからだ。それから二人揃って家を出て行った。

かくしてミス・アミーリアは一人で町に残された。もし何をするべきかわかっていたなら、人々は彼女に助けの手を差し伸べたに違いない。というのはこの町の住民はもし機会さえあれば、親切にならないわけでもなかったからだ。何人かの奥さんたちはおそるおそる箒を手にやってきて、壊されたものの片付けを手伝いましょうかと申し出たが、ミス・アミーリアはぼんやりした内斜視の目で彼女たちを見やり、黙って首を振っただけだ。スタンピー・マクフェイルは三日目にクイーニー嚙み煙草を買いに店に立ち寄ったが、代金は一ドルだとミス・アミーリアは言った。カフェのあらゆるものの値段が突然一ドルに値上がりした。そんなカフェがどこにあるだろう？　また医師としての彼女も妙な具合に変化してしまった。それまで長年にわたって彼女は、チーホーの医者よりずっと人気があった。彼女は患者の気持ちをいたぶるようなことは決してしなかった。患者から彼が本当に必要とするもの——酒とか煙草とかその類いのもの——を取り上げるようなこともなかった。ほんのときたま、用心深く「西瓜のフライを食べてはいけません」みたいな警告を発したが、それはだいたい、そもそも誰も口にしようとは思わない特殊な食べ物に限られていた。しかしそのような賢明な医療は終わりを告げた。彼女は患者の半分に向かって「このままますぐに死んでしまうでしょう」と告げた。そして残りの半分には強引で耐えがたい治療法を推奨した。まともな神経を持った人間なら、とても実践する気にならない方法だった。

ミス・アミーリアは髪をぼうぼうに伸ばし、それは白髪になった。顔は長くなり、身体の立派な筋肉は小さく縮み、頭がおかしくなった老嬢のようにがりがりに痩せこけた。灰色の目は日々ゆっくりとではあるが、内斜視の度合いがよりひどくなっていった。その二つの目は、悲しみのささやかな一瞥を交わし、孤独を認め合うべく互いを捜し求めているようにも見えた。彼女の話を聞くのは愉快なことではなかった。その言葉はますます鋭く痛切なものになっていったからだ。

誰かがせむしのことで何かを言うと、彼女はただこう言い捨てた。「ふん！　あいつをとっ捕まえたら、内臓を引きちぎって猫に食べさせてやるさ！」と。しかし恐ろしいのは言葉そのものより、むしろそれが発せられる声だった。彼女の声はかつての活力を失っていた。彼女が「私が結婚していた、あの織機修理工」や、その他何人かの宿敵たちについて口にするときに聞き取れた復讐の響きは、そこにはもうなかった。彼女の声はしゃがれてソフトで、教会の足踏みオルガンのぜいぜいした音のようにうら哀しかった。

三年のあいだ彼女は毎晩、玄関の階段に座っていた。一人きりで黙り込んで、道路を見渡し、待ち受けていた。しかしせむしは二度と戻ってはこなかった。マーヴィン・メイシーは彼を使って窓から家屋に忍び込ませ、盗みを働いているという噂があった。マーヴィン・メイシーは彼を見世物に売り払ったという噂もあった。しかしどちらの場合も、噂の源を辿っていけばマーリー・ライアンに行き着いた。そして彼の言うことはすべてでまかせだった。四年目にミス・アミーリアはチーホーの大工を雇って、建物を板で塞がせた。そしてそれ以来、閉ざされた部屋の中に彼女はいまも閉じこもっている。

そう、まことにうらぶれた町だ。八月の午後、通りに人影はなく、砂埃が白く積もり、頭上の空はガラスのようにぎらついている。何ひとつ動かない——子供たちの声も聞こえない。紡績工場の遠い唸りが耳に届くだけだ。桃の木は、夏が来るごとにますますねじくれていくみたいだ。その葉は鈍い灰色で、生気を欠いて脆い。ミス・アミーリアの住居は右に大きく傾き、そっくり崩落するのは今や時間の問題だった。だから人々はその庭のそばに寄らないように心がけていた。町ではまともな酒を手に入れることができなくなってしまった。いちばん近い蒸留所は八マイル離れたところにあり、そこの酒は飲んだら肝臓に南京豆くらいの大きさのおできができて、剣呑な夢魔の世界に引きずり込まれてしまいそうなひどい代物だった。町には何ひとつなすべきことがない。水車池のまわりを歩いたり、腐った木の根を蹴飛ばしたり、教会近くの道路脇に捨て置かれた古い馬車の車輪の使い途を思案したりするくらいしか、やることがない。人の心は退屈さによってじわじわ朽ち果てていく。フォークス・フォールズ・ハイウェイまで行って、チェイン・ギャングの唄でも聴いていた方がましかもしれない。

十二人の傍き人間たち

フォークス・フォールズ・ハイウェイは町から三マイル離れたところにあり、そこでチェイン・ギャングが労役に就いている。道路はマカダム舗装で、郡はその荒れた箇所を補修し、危険な部分を拡張することにした。一団は十二人の男たちで構成され、全員が白と黒の縞模様の、囚人服上下を着ていた。足首には鎖がつけられている。銃を持った看守が一人付き添い、彼の目は太陽の眩しさで、赤い切れ目のように細くすぼまっていた。囚人たちは終日働いた。日の出のすぐあとに刑務所の輸送車に押し込まれてやってきて、八月の灰色の黄昏の中をまた運び去られていった。終日つるはしが土の地面を打つ音が聞こえ、陽光は眩しく、汗のにおいがした。そして日々そこには音楽があった。暗い声がひとつ、フレーズを口にする。半ば歌うように、また半ば問いかけるように。少し間を置いて、もうひとつの声がそこに加わる。ほどなく囚人たち全員が歌い始める。金色にぎらつく光の中、その声はどこまでも暗い。音楽は複雑に混じり合い、厳粛でありながら歓びに満ちている。その音楽は次第に盛り上がり、やがてはそれを歌っているのが、労役に就いた十二人の男たちだとは思えなくなるだろう。まるで大地そのものから湧いて、あるいは広い空から降ってくるようだ。それは心を大きく広げてくれる音楽であり、聴くものを愉悦と恐怖で肌寒くさせてしまう音楽である。やがて音楽はゆっくりと沈みこんでいって、遂には淋しげな声ひとつだけになり、それから大きなかすれた息づかいがあり、そして太陽、沈黙の中に響くつるはしの音だけが残る。

かくのごとき音楽を作り出せる囚人たちとは、いったいいかなる人々なのか？　ただの十二人のありふれた人間たちだ。七人の黒人と、五人の白人、みんなこの郡の出身だ。たまたま集められた、ただの十二人の儚き身の人間たち。

訳者あとがき

僕（村上）はこれまでにカーソン・マッカラーズの小説作品を二作翻訳出版した。『心は孤独な狩人』（一九四〇）と『結婚式のメンバー』（一九四六）だ。そして今回この『哀しいカフェのバラード』（一九五一）を上梓することになった。この三作はいつかきちんと僕なりの翻訳を世に問いたいと希望していたので、ようやくその思いがかなって少なからずほっとしている。

今回は前二作よりはかなり短い、中編小説とでもいうべき作品なのだが、できることなら独立した一冊本にしたいと思った。というのは、この小説はあまりに独自の特別な世界を現出させているので、他の作品と合わせて同じ巻に収録するというのはどうにも不適切なことに思えたからだ。そしてこの話だけで一冊本にするのなら、絵をつけた一冊本にしたいと思い、旧知の山本容子さんに挿画をお願いすることにした。彼女以外にこの本の挿画を描ける人は思いつけなかったからだ。山本さんが一年がかりで腰を据えて描いて下さったのは、とても「挿画」とは呼べそうにない、銅版画による一連の深い絵画世界だった。それはこの複雑な小説の本質を見事なまでに捉えている。文章と共にじっくり味わっていただければと思う。

マッカラーズは一九一七年にアメリカ南部、ジョージア州コロンバスに生まれた。そして二三歳で小説家としてデビューし、「天才少女」と賞賛され、その斬新な作風によって全米の読者を魅了し、ウィリアム・フォークナーやトルーマン・カポーティ、フラナリー・オコナーなどと共に、戦後の南部作家ブームの一翼を担うことになった。しかしその後、いくつかの持病や、アルコール依存症や、同性愛に関連した私生活面での様々なトラブルによって、その創作力は徐々に低下後退し、一九六七年に五〇歳の若さで世を去った。

マッカラーズの小説が描く世界は、決して明るく幸福なものではない。彼女の小説に出てくる登場人物たちの多くはそれぞれの異様性を背負い、それぞれの痛みに耐え、それぞれの出口を手探りで懸命に探し求めている。しかし多くの場合、その出口は見当たりそうにない。

とはいえ読者は、そこにいくばくかの救いの示唆を読み取ることができるだろう。それは絶望の暗闇の中の一条の明かりとでもいうべきものだ。そしてそのような示唆は、マッカラーズという作家のひとつの大切な資質、持ち味となってきらりと輝いている。『心は孤独な狩人』や『結婚式のメンバー』をお読みになった方は、きっとそのような「示唆」の微妙な温かみを、肌にそこはかとなく感じ取られたことと思う。

しかしこの『哀しいカフェのバラード』にはどうやら、そのような救いの予感は用意されていないらしい。登場人物たちはみんなそれぞれに深い業《ごう》のようなものを負っており、どのように懸命に試みてもそれを取り除くことはできそうにない。そして彼らはその業の重みにじわじわと押しつぶされていく。男勝りのミス・アミーリアとせむしのカズン・ライモンは暗闇の中で巡り会い、それぞれが求めていたものを互いの中に見いだすことになる。それはほとんど奇跡的な邂逅のようだ。そして彼らは停滞した田舎町に、力を合わせてカフェという特別な場をこしらえ、満ち足りた暮らしを送るようになる。二人はそれぞれの欠落をうまく埋め合うことができたように見える。その充足は一つの熱源となり、それまで無気力の中に沈んでいた町の人々をもじわじわと包み込んでいく。町は徐々に活気を取り戻していく。

アミーリアとライモンの奇妙な人間関係（男女関係）はあくまでぼかされており、読者も（そしてまた町の人々も）「いったいどういうことになっているのか」と首をひねるばかりだが、その二人の関係が謎を含みつつも、外面的にはまわりに良好な結果をもたらしていることは間違いないようだ。そしてそこではどうやら、愛というものが強い力を発揮していることが想像できる。それがどのようなかたちの愛なのか、それが何を希求しているのか、我々はただ憶測するしかないわけだが。

ところがそこにマーヴィン・メイシーという異物が加わることで、その一見して幸福な枠組みはあえなく崩れ去り、事態は悲劇への一路を辿り始める。メイシーはかつてアミーリアとひどく短い不幸な結婚生活を送ったことのあるハンサムな前科者で、自分を虫けらのように扱った彼女に対して深い復讐心を抱いている。そして彼はライモンに対して異様ともいえるほど強い影響力を行使し、ライモンとアミーリアとの関係をあっさりと裂いてしまう。そこにはどうやら同性愛の要素が絡んでいるようだ。ライモンとメイシーの二人組は結託して、一方の愛の象徴であるカフェを徹底的に、完膚なきまでに破壊し、アミーリアを没落させ、意気揚々と町を去って行く。

実に救いのない結末だ。そしてその三人の主要な登場人物の誰一人に対しても、我々読者は無条件で感情移入することができない。悪役であるライモンとメイシーに対してはもちろんのこと、ミス・アミーリアの数多くの異様（としか思えない）な行動に対しても、読者は疑念を抱かないわけにはいかない。

これはいったいどういう小説なのか？

いったいこの小説は何を語ろうとしているのか？

この本を読み終え、多くの読者はそのような疑問と戸惑いを抱いたまま、あとに取り残されることになるかもしれない。最初に読み終えたとき、正直言って僕もそんな読者の一人だった。しかしこの小説の印象はあまりに強く、読み終えたあとも、その小説世界は不思議に長いあいだ僕の心に残った。ただの「奇妙で救いのない小説」では終わらない何かがそこにあるようだ——そんな気がした。

結局のところこの三人はそれぞれに深い欠落を抱え、業を背負い、矛盾に苦しみながらも、暗闇の中で必死にそれぞれの愛を求めていたのだ。その求め方の真摯さこそが、たとえそれが間違った悲劇的な方向に進むことになったとしても、この小説の確かな核心であったのだと、あとになって読み返したときに、僕なりに理解することができた。そこに救いがないことには変わりないとしても、愛を真摯に求める心の有様がこの小説を、名作としてあらしめているのだ、と。

その真摯さは言うまでもなく、マッカラーズ自身の孤独な魂の反映だったのだろう。人々は誰しもが、愛に囚われた永遠の徒刑囚なのだ。深い小説だ。

翻訳にあたっては柴田元幸氏の助言を仰いだ。いくつもの有益な指摘に感謝する。

また本書ではせむしという表現が用いられている。現在では不適切な表現として、出版等において一般には使われていないが、本書においてはどうしても避けることのできない必要な表現であり、批判は覚悟であえて用いることにした。もはや古典の範疇に入る作品であり、その時代性をくみ取っていただければと思う。

二〇二四年七月

村上春樹

装幀・本文デザイン　渡辺和雄

カーソン・マッカラーズ　Carson McCullers（1917−1967）

ジョージア州コロンバス生まれ。幼少期からピアノの才能に秀で、ニューヨークのジュリアード音楽院に進むが、授業料を失くして入学を断念。かわりにコロンビア大学で創作を学び、リーヴズ・マッカラーズと結婚。1940年、23歳で『心は孤独な狩人』を執筆し、文学的なセンセーションを巻き起こした。その後は、『黄金の眼に映るもの』（1941年）、『結婚式のメンバー』（1946年）、本書『哀しいカフェのバラード』（1951年）、『針のない時計』（1961年）などの小説やノンフィクションを執筆、1967年、50歳で世を去った。

THE BALLAD OF THE SAD CAFÉ
by Carson McCullers

哀《かな》しいカフェのバラード

カーソン・マッカラーズ 著
村上春樹《むらかみはるき》 訳　　山本容子《やまもとようこ》 銅版画

発　行　2024年9月25日

発行者　佐藤隆信
発行所　株式会社新潮社
〒162-8711 東京都新宿区矢来町71
電話 編集部 03-3266-5411／読者係 03-3266-5111
https://www.shinchosha.co.jp

組版　新潮社デジタル編集支援室
印刷所　半七写真印刷工業株式会社
製本所　加藤製本株式会社

乱丁・落丁本は、ご面倒ですが小社読者係宛お送り下さい。
送料小社負担にてお取替えいたします。
価格はカバーに表示してあります。

ISBN978-4-10-507182-0 C0097

カーソン・マッカラーズの本

Carson McCullers

単行本／文庫

心は孤独な狩人

村上春樹 訳

1930年代末、恐慌の嵐が吹き荒れるアメリカ。南部の町のカフェに聾唖の男シンガーが現れた。店に集う人々の痛切な告白を男は静かに聞き続ける。だがシンガーの身に悲劇が起きると、報われない思いを抱えた人々はまた孤独へと帰っていく。23歳の鮮烈なデビュー作。

文庫

結婚式のメンバー

村上春樹 訳

この街を出て、永遠にどこかへ行ってしまいたい——むせかえるような緑色の夏、12歳の少女フランキーは兄の結婚式で人生が変わることを夢見た。狂おしいまでに多感で孤独な少女の心理を、繊細な文体で描き上げた女性作家の最高傑作。